숲의 언어

자연의 속삭임에 귀 기울이면

남영화 지음

남해의봄날

———

조용필의 〈바람의 노래〉를 처음 듣던 청춘의 어느 날, 그 가사가 뜻 모르게 좋아 나도 언젠가 바람의 노래를 들을 수 있을까, 세월 가면 꽃이 지는 이유를 알게 될까, 정말 그랬으면 좋겠다 생각했다. 머리가 희끗희끗해지는 나이가 되면 바람의 노랫소리가 들리고 꽃이 지는 이유도 아는 어른이기를, 삶을 이해하는 현자처럼 마음의 평온을 잘 지키며 서두르지 않고 내 삶의 행로를 흔들림 없이 걸어가기를 꿈꿨다.

그 꿈의 끝엔 언제나 숲이 있었다. 햇살 화창한 날 숲의 나무들을 올려다보며 나뭇잎에 팔랑대는 바람의 노랫소리를 듣고, 꽃들이 흐드러진 숲길을 걸으며 꽃이 지는 이유를 아는 시간들을 살기를 바랐다. 그런 꿈이 자연스레 나를 숲 가까이로 이끌었나 보다.

자연의 품에서 천진난만하게 자라난 나는 그게 얼마나 큰 축복인지 모르고 살았다. 결혼 후 서울살이를 하면서 비로소 내가 숲을 얼마나 좋아하는 사람인지 깨달았다. 숲의 푸른 기운이 미치지 않는 회색 빌딩 그늘에서 나는 발붙일 땅이 없는 식물처럼 생기 없이 시들어 갔다. 무엇을 해도 마음이 잡히지 않던 그때 자연으로 돌아가야겠다고 맘을 먹었다. 내 아이들에게도 자연 속에서 뛰어놀던 내 어린 시절의 천진한 기쁨을 돌려주고 싶었다.

숲이 가까운 곳으로 이사 오자 비로소 숨통이 트였다. 아이들은 개울가에서 헤엄치며 다슬기를 잡고, 햇살 화창한 숲에서 오디와 산딸기를 따 먹고, 나무들 위로 뛰어내리듯 산그네를 타며 자라는 축복을 누렸다.

요즘은 종종 혼자 숲으로 들어가 조용히 오므린 꽃 앞에 멈추어 꽃잎이 탁 벌어지는 순간을 기다린다. 늦가을

이면 바스락거리는 낙엽 위에서 발소리를 죽여 가며 씨앗이 터지는 소리에 귀를 기울인다. 아주 작지만 한 세상이 쩍 갈라지는 옹골찬 소리다.

내 감각은 숲 안에서 한껏 고양되었다. 예전에는 미처 느끼지 못했던 자연의 색다른 촉감과 소리와 향기에 눈 뜰 때, 내 감각은 기뻐 춤을 추었다. 자연이 전해 주는 아름다운 위로가 마음 가득 고일 때 세상 어떤 소음도 내 평온을 깨지 못했다. 처음 숲에 왔을 땐 어설프기 짝이 없던 숲해설가는 점점 꽃과 잎과 열매의 이름을 다정하게 불러 줄 수 있게 되었다. 마침내, 깊은 교감 속에서 자연의 말없는 언어를 알아듣고 한없는 위로를 받는 사람이 되었다.

숲해설가는 자연의 빛깔과 모양들이 담고 있는 생태적 언어를 인간의 언어로 통역해 숲과 사람을 연결하는 사람이다. 식물학이라곤 알지 못했던 내가 어느덧 15년 차 숲해설가가 되기까지 더듬더듬 경험으로 깨달은 숲의 언어들은 정감이 특별하다. 숲으로 출근하며 거의 매일 식물들의 생태를 관찰하고 궁금했던 것들을 공부하고자 정보를 찾아 헤맸다. 찾기 힘든 정보들도 많았으나 숲과 함께 하는 시간이 쌓일수록 어느덧 그 말없는 언어들을 저절로 알아듣게 되는 기적 같은 순간들을 맞기도 했다.

이 책은 어린아이 같은 호기심으로 모든 낯선 숲의 언어들을 만나고 그 언어들을 애써 가며 풀이하고, 이해할 때마다 뛸 듯이 기뻐하고 행복해했던 내 지난 숲 시간의 기록이다.

첫 책 〈숲에서 한나절〉을 내고 초보 작가로서 과분한 사랑을 받았다. 숲을 통해 삶을 들여다보며 건넨 내 서툰 위로가 다행히 사람들에게 잘 가 닿아, 자연의 이치와 순리 안에서 위로와 평온을 얻었다는 수많은 물기 어린 마음들을 되받았다. 그 곱고 따스한 공감 덕분에 그 글로 이루고 싶었던 것을 다 이룬 것 같다는 감사한 마음이 들곤 했다. 다시 숲 이야기를 쓰게 될 줄 몰랐지만 북토크 때마다 "차기작은 언제 나오나요?"라는, 처음엔 인사치레인 줄만 알았던 말들이 쌓여 결국 이 글이 나왔다. '숲의 이야기를 좀 더 전해 주세요'라는 진심을 받은 것이라고 감히 생각해 본다. 그래서 이 책은 초롱초롱 눈빛을 빛내며 두 시간 가까운 북토크 동안 숨소리도 안 들리게 집중하던, 숲을 사랑하고 진심으로 친구가 되고 싶어 하던 이들에게 건네는 내 선물이다.

숲을 하나도 몰랐던 초보 해설가 시절부터 더듬더듬 그 낯선 언어들을 알아 간 기록이기에, 이제 막 숲과 친구가 되려는 사람들의 눈높이와 잘 맞으리라 생각한다. 더불어 이제 막 숲해설가나 자연환경 해설사 분야에 발을 들인 산림 교육 전문가들에게는 숲을 먼저 알아 간 선배가 건네는 꽤 자세한 식물 해설서이자 인문학적인 숲해설의 한 예로 참고가 되면 좋겠다.

누군가와 깊은 마음을 나누려면 내 마음에 여백을 만들어야 한다. 고요히 서로에게 집중하며 마주하고 서로의 마음에 가만히 귀 기울여야 한다. 시간을 들여 점점 더 깊이 다가가 보면 안다. 어느 순간 툭 마음의 문이 열리고 서로 연결되어, 굳이 말하지 않아도 표정만으로 서로의 마음을 짐작하게 되는 그런 순간이 온다. 숲과도 그렇다. 그때 비로소 바람의 노랫소리가 들리고 꽃이 지는 이유를 어렴풋이 알게 되는 순간이 올 것이다. 자연이 스스로 그러한 '까닭'이 내 삶에 그랬듯 당신에게도 삶의 이정표가 되기를 진심으로 바라며 내 가장 좋은 친구, 숲을 당신에게 소개한다.

목차

꽃의 언어

열매의 언어

나
무
의

언
어

햇볕이 좋을까, 그늘이 편할까

양수와
음수

―――――

숲을 이룬 나무들을 보면 그 수형이며 가지를 뻗은 모습이 너무 조화로워 모두 사이좋은 친구처럼 보인다. 하지만 가만히 생각해 보면 그 나무들이 각기 다른 성질을 가지고 있으리라는 걸 짐작할 수 있다. 햇빛을 아주 좋아하는 친구도 있을 것이고, 외려 그늘이 더 편한 녀석도 있을 것이고, 그 중간쯤이 좋은 친구도 있을 것이다. 숲의 나무들은 각기 고유한 성질을 가지고 있고, 좋아하는 높이, 좋아하는 토질 등이 다 다르다. 씨앗이 이런 고유의 성질에 맞는 곳에 떨어져야 발아율이나 잘 성장할 확률이 높다. 그리하여 자연스럽게 물을 좋아하는 물푸레나무나 오리나무는 물가에, 모래가 좀 섞인 토질을 좋아하고 햇빛을 무척 좋아하는 소나무는 숲가 햇빛이 잘 드는 곳에, 높은 곳을 좋아하는 신갈이나 굴참나무는 높은 곳에, 같은 참나무라도 상대적으로 낮은 곳을 좋아하는 상수리나무는 낮은 곳에 자리를 잡는다. 나무들은 한 번 자리 잡은 곳을 떠날 수 없기에 옆의 나무가 그늘을 드리운다거나 아래쪽에 새로운 식생이 자라 올라오는 등의 주변 환경 변화에 적응해 가며 한 생을 살아간다.

누 가 더 햇 빛 을
좋 아 할 까

모든 나무의 성질을 전부 설명할 수는 없지만 햇빛을 좋아하는 정도에 따라 음수, 양수, 중성수로 나눠 볼 수 있다.

양수는 말 그대로 햇빛을 좋아하는 나무들이다. 침엽수로는 소나무, 은행나무(은행나무는 활엽수처럼 보이지만 세포 배열과 모양이 침엽수와 비슷하여 침엽수로 분류한다. 공룡 시대부터 존재해 와 '살아 있는 화석'이라 불리는 은행나무는 맨 처음엔 잎이 손바닥을 펼친 것처럼 여러 개로 갈라져 있었으나 진화를 거쳐 오늘날의 부채꼴 모양을 갖추었다. 갈라져 있던 최초 잎의 형태는 침엽수와 더 가까웠으리라 추측할 수 있다), 측백나무, 삼나무, 메타세쿼이아, 낙우송 등이 있다. 활엽수로는 느티나무, 밤나무, 벚나무, 자귀나무, 오동나무, 오리나무, 배롱나무, 백합나무, 층층나무 등이 있고 무궁화와 라일락도 양수다. 햇빛을 아주 좋아해서 하루 3~5시간 정도는 강한 햇빛을 받아야 잘 살아가는 극양수도 있는데 낙엽송·방크스소나무·왕솔나무(침엽수), 버드나무·자작나무·포플러나무·두릅·붉나무(활엽수) 등이다.

이렇게 햇빛을 좋아하는 나무들은 당연히 햇빛을 잘 받는 쪽에 주로 잎을 내며, 같은 나무라도 햇빛이 잘 드는 쪽에 나는 잎을 양엽, 햇빛이 잘 들지 않는 쪽에 나는 잎을 음엽이라 한다. 양엽은 햇빛 쪽에 있어 증산 작용(잎의 기공을 통해 물이 기체 상태로 빠져나가는 작용)을 억제하기 위해 두꺼운 큐티클cuticle 층이 형성되어 있어 잎이 두껍고 좁다. 그에 비해 음엽은 음지에 있으므로 광합성 효율을 높이기 위해 잎이 넓고 큐티클 층은 덜 형성되어 두께가 얇은 경우가 많다. 가령 느티나무를 보면 양엽과 음엽이 촘촘히 달린 걸 관찰할 수 있다. 햇빛을 잘 받는 위쪽과 바깥쪽 가지에 달리는 양엽은 좀 더 작고 단단한 반면 햇빛을 잘 받지 못하는 안쪽의 음엽은 두께가 얇고 크기가 크다. 느티나무를 비롯한 나무들은 더울 땐 잎 뒤 기공을 열어 촉촉한 수분을 증발시키며 열을 식히기에 아무리 덥고 햇빛 쨍쨍한 날에도 느티나무 그늘 아래만 서면 시원 촉촉함을 느낄 수 있다. 예로부터 시골 마을들엔 아름드리 느티나무들이 있어 그 그늘 아래로 사람들이 모였잖은가. 사람이 모이는 데에는 다 이유가 있었던 것이다.

반면 음수는 빛이 잘 들지 않는 환경에서도 비교적 잘 견딜 수 있는 나무들인데 음수도 어릴 때는 강한 햇빛을 싫어하다가도 나이가 들수록 점점 더 햇빛을 좋아하게 된다. 나무가 오래될수록 어둠을 견디는 내음성이 약해지기 때문이다. 사람도 어릴 땐 몸과 마음이 계절의 영향을 덜 받다가 나이 들수록 햇살 좋은 날 흐린 날 등 날씨 따라 컨디션에 편차가 생기는 것과 비슷하달까.

그늘에서도 꽤 잘 살아갈 수 있는 음수는 가문비나무·전나무·비자나무·솔송나무(침엽수), 단풍나무·서어나무·까치박달·너도밤나무·칠엽수·함박꽃나무(활엽수) 등이다. 음수는 대체로 적은 양의 햇빛으로도 광합성을 할

성균관의 양수 느티나무 풍경

느티나무의 안쪽·아래쪽의 넓은 음엽과
바깥쪽의 작은 양엽

수 있도록 잎의 두께가 얇고 눈에 잘 띄지 않는 꽃을 피우는 경우가 많다. 아주 극한 음지에서도 잘 자라는 극음수로는 주목·개비자나무·나한백(침엽수), 회양목·사철나무·호랑가시나무(활엽수) 등이 있다.

그런 나무들 사이사이로 중성수(반음수)도 섞여 살아간다. 침엽수인 잣나무, 편백·화백나무, 활엽수인 참나무, 물푸레·느릅·산딸·회화나무 등이 중성수다. 말 그대로 양수 식물과 음수 식물의 중간 정도 빛을 필요로 하기에, 이 중성수들이 햇빛도 들고 부분적으로 그늘도 지는 숲에서 살기가 비교적 여유롭지 않을까 싶다.

숲 의
천 이

숲은 서로 다른 성질의 나무들이 모여 있기에 항상 같은 모습으로 머물지 않는다. 처음엔 빛을 받아 잘 자랄 수 있는 양수들이 쑥쑥 성장하겠지만, 그 그늘 아래에서 어린 시절을 보낸 음수들이 그늘에서도 잘 자라는 성질 덕분에 양수들을 추월하면 어떨까? 당장은 눈에 드러나 보이지 않지만 음수들은 오랜 시간 동안 서서히 숲을 점령해

갈 것이다. 그러다가 마침내는 음수들의 그늘에 가려져 씨앗이 발아할 수도, 양수들이 자랄 수도 없는 숲이 된다. 더 이상 생명이 싹틀 수 없는 극상림의 숲에 태풍과 홍수 같은 자연재해나 병충해가 일어나면 큰 나무들이 죽고 그늘뿐이던 하늘에 구멍이 난 것처럼 갑자기 빛과 물이 스며든다. 그러면 그 뚫린 틈에서 작은 풀들과 나무들이 앞다투어 다시 자라나기 시작한다.

이렇게 숲의 천이遷移(같은 장소에서 시간의 흐름에 따라 진행되는 식물군집의 변화)는 100~200년에 걸쳐 천천히 일어난다. 맨 처음 나지에 지의류, 이끼, 풀씨들이 날아들고 뚝새풀, 바랭이, 나팔꽃, 코스모스 같은 한해살이풀이 자라난다. 어느 정도 시간이 지나면 개망초, 꽃다지, 냉이처럼 뿌리잎으로 겨울을 견디는 두해살이 로제트식물과 토끼풀, 쑥, 질경이, 억새 등 여러해살이 식물들이 그 땅을 점령한다. 그리고 그들이 거름이 되어 싸리나무, 찔레, 진달래 같은 작은 관목들이 자리 잡기 시작한다. 그리고 아직 큰 나무가 없어 그늘이 없는 숲에 양수인 소나무가 들어와 자라고, 어느 틈엔가 소나무는 제 키보다 크게 자라는 참나무, 단풍나무에게 자리를 내어 주지만 그들도 극상림인 서어나무나 박달나무에게 어느 순간 또 자릴 내어

쥐야 한다.

숲의 천이는 분명 변화이고 한편으로 발전일 텐데 그 끝은 더 이상 생명이 발아할 수 없는 상태의 숲이라니 참으로 아이러니가 아닐 수 없다. 그런 뒤에는 '처음부터 다시 시작'하는 것만이 남는다니, 우리가 물질문명의 끝으로 치닫는 것이 어쩌면 이런 결과를 낳지나 않을지 홀연 소름이 돋는다.

지구의 허파라고 불리는 아마존 열대우림은 숲을 자르고 태워 목초지로 만들려는 인간의 손길에 신음하고 있다. 숲이 사라진 자리에는 소를 키우거나 사료가 되는 콩을 기른다. 식물이 대기로 뿜어내는 산소 중 20퍼센트 이상이 우림에서 나온다. 지구에 깃든 사람들이 숨 쉴 수 있게 해 주는 거대한 산소 탱크가 점점 사라지고 있는 것이다. 자연적인 숲의 천이와 달리, 이렇게 파괴된 숲들은 원상태로 회복하기 어렵다. 게다가 숲을 태우며 발생하는 이산화탄소가 지구 전체에서 배출되는 이산화탄소의 10~15퍼센트를 차지해 지구 온난화에 큰 영향을 미치는 자동차 매연보다도 비중이 크다고 하니 그 심각성이 크다. 브라질 정부도 열대우림들을 공원으로 지정해서 보호하려는 노력을 기울이고 있지만 언제나 파괴의 속도가

울퉁불퉁 근육질 몸매를 자랑하는 극상림 수종 개서어나무

더 빠르고 숲은 자연적으로 생태를 복원할 시간을 갖지 못한다. 산불이 난 숲을 인간이 복원하는 것과 자연이 스스로 복원하는 것 중 후자의 회복력이 더 좋다는 것도 이미 알려진 이야기다. 이렇게 계속해서 인간의 손이 닿아 자연스런 생태 복원이 이뤄지지 않는 것은 심각한 문제를 야기한다.

건강한 숲은 종이 다양한 숲, 풀꽃과 작은 관목과 음수와 양수들이 어울려 각자에게 적합한 자리를 잘 차지한 숲이다. 햇빛을 좋아하는 식물은 햇빛을 즐기고, 아직 그늘에 남아 있고 싶은 식물은 그늘에서 성장하고, 물가가 좋은 식물은 물가에 뿌리를 내린 모습은 언제 봐도 조화롭고 평화롭다. 그 안에서 우리가 건강한 생기를 느끼고 저절로 평온한 긴 숨을 달게 쉬게 되는 것은 너무나 당연한 일이다.

성장만이 답이고, 강한 것만이 살아남는다는 구호는 숲에선 아무런 의미가 없다. 강하고 약하고 무르고 단단하고 작고 크고 여리고 두터운 것들이 마구 뒤섞인 숲은 굳이 강할 필요도 없고 무조건 클 필요도 없다. 그저 가진 천성대로 욕심 없이 제자리를 지키는 순리를 따르고 있으니, 그것은 내가 가장 원하는 삶의 모습을 닮았다.

연리목과 연리지

성질이 다른 나무들이 서로 부딪치지 않고 조화롭게 거대하고도 평온한 숲을 이룬다는 것, 그것도 건강한 숲을 이룬다는 것은 참으로 대단한 일이다. 필요한 햇빛을 찾아가면서도 서로 생장을 조절해 부딪치지 않는 방향으로 가지를 뻗고 서로의 공간을 배려하기 때문에 가능한 일이다. 이게 어디 말처럼 쉬운 일이겠는가. 오랜 진화 과정을 거치며, 제 습성대로만, 원하는 방향으로 고집스레 가지를 뻗다 보면 모두 살아남지 못하는 결과를 초래한다는 것을 나무들은 이미 알았을 것이다. 그래서 환경 때문에 어쩔 수 없이 서로 부딪치는 경우가 생기면 나무는 기꺼이 서로의 줄기와 몸을 얼싸안고 하나가 된다. 이렇게 몸통이 붙은 나무들을 연리목, 가지가 붙은 것을 연리지라 부르는데 같은 종이나 속의 나무들은 이때 하나가 되기 위해 물관과 체관까지 공유한다. 나무들은 어떻게 그렇게 속까지 내주며 서로를 깊이 포용할 수 있는 걸까. 비록 같은 종이라고 하나 나와 다른 사람과 내 내 살을 맞대고 살아야 한다면 삶 자체가 이미 도를 닦는 일과 다름없을 것이다.

　그래도 나무는 최선을 다해 성장을 포기하지 않는다.

참으로 귀한 견딤과 인내의 품성이다. 주어진 환경을 묵묵히 껴안고 받아들이는 나무의 자세를 보며, 고난이 오면 포용보다는 피하고만 싶은 내 못난 삶의 자세를 고쳐 잡는다.

신갈나무와 야광나무 연리목. 단풍나무까지 연리돼 있다.

돌 처 럼
단 단 한
내 면 이
지 켜 주 는
힘

─────────

심 재 와
변 재

나무는 겉으로 봐서는 우직하게 큰 변화 없이 가만히 서
있는 듯하지만 제일 바깥의 수피(껍질) 안쪽으로는 끊임없
이 성장이 활발히 이루어지고 있다. 형성층(부름켜)을 중
심으로 안쪽으로는 줄기의 중심에 가까운 물관이 뿌리에
서 길어 올린 물을 나무의 수간(몸통)과 줄기 잎들의 세맥
까지 잘 날라 주고, 형성층 바깥쪽으로는 체관이 나뭇잎들
이 광합성으로 만든 영양분을 나무뿌리까지 전달한다. 즉

물관은 아래서부터 위로, 체관은 위에서부터 아래로 각기 물과 영양분을 실어 나른다.

나무의 생장에 결정적 역할을 하는 것이 물관과 체관뿐일까? 나무가 거친 태풍에도, 쏟아지는 홍수에도 견고하게 버틸 수 있는 건 보이지 않는 땅 속 깊은 곳까지 뻗은 뿌리와 더불어 더 이상 생장하지 않는 단단한 심재가 있기 때문이다. 심재는 나무 둥치 가장 안쪽에 있는 부분으로 바깥쪽 변재보다 확실히 짙은 색을 띤다. 나무는 살아 있는 존재라 이곳도 살아 있는 조직이겠거니 생각하기 쉽지만, 이 부분은 이미 죽은 부분으로 더 이상 생장을 하지 않고 단단하게 굳어 나무를 지탱하는 역할을 한다.

돌 처 럼   단 단 한
내 면 의   무 게

심재 주변의 변재는 물관과 체관이 실어 나르는 물과 영양분을 먹으며 그 사이에 있는 부름켜의 세포분열로 몸피를 불려 가면서 한 해 한 해 나이테를 만든다.

나이테를 보면 어느 해에 가뭄이나 병충해를 입었는지 알 수 있다. 일정한 간격이던 나이테가 어느 해는 유독

위 나무의 안쪽 검은 심재와 나이테가 있는 변재

아래 겉과 속이 다른 다릅나무의 나이테와 심재, 변재

부피 성장이 잘 안 돼 전해에 생긴 나이테와 별로 간격이 벌어지지 않고 거의 겹쳐진 듯 보이기도 한다. 가뭄 등 어떤 연유로 나무가 제대로 성장하지 못했던 해다. 그리고 나이테가 둥글게 잘 자라다가 갑자기 곡선이 찌부러들었다면 그 부분은 병충해라든가 어떤 치명적인 해를 입은 것이다. 그뿐만 아니라 나이테를 보면 어느 방향이 남쪽이었는지도 짐작할 수 있는데, 나이테들이 유독 부풀려진 것처럼 한쪽 방향으로 일정하게 불룩하다면 그쪽은 나무의 부피 생장이 늘 활발했던 부분이고 그러니 그 방향이 당연히 일조량이 좋은 남쪽일 확률이 높다. 그러니 나이테를 가만 들여다보기만 해도 그 나무의 나이를 알 수 있음은 물론이고 어느 해에 나무가 아프고 힘겨웠는지, 어느 한 부위에 치명적인 상처를 입었는지 등 나무의 지나온 이야기를 들을 수 있다.

심재처럼 더 이상 살아 성장하지 않는 기관이 외려 물리적 위험 앞에서 나무를 든든히 지키는 역할을 한다는 건 참 많은 생각을 불러일으킨다. 나무처럼 겉은 유연하고 내면은 단단해야 거친 바람과 폭우에도 쓰러지지 않고 무게중심을 지킬 수 있다는 생각, 그렇게 때로 우릴 지키는 건 말없이 묵묵하고 어떤 것에도 흔들리지 않는 견고

한 내면이라는 생각이 드는 것이다. 그 속이 시커멓게 굳어 단단해지기까지 나무가 홀로 견뎌 온 시간의 무게를 상상한다. 그건 누가 대신 해 줄 수도 없는 속앓이였을 것이다. 그 삶의 무게를 묵묵히 다 받아 안고 더 이상 아픔을 느끼지 못할 만큼, 어떤 상황에서도 상처받지 않을 만큼 자신의 내면을 단단하게 만든다는 것은 살아 숨 쉬는 심장을 돌처럼 단단하게 만드는 일이었을 것이다.

이제 중년의 나이인 나도 어쩌면 그렇게 단단해져 왔는지 모르겠다. 예전엔 그 '단단해짐'이 두렵기도 했다. 마치 살아 있으나 죽은 것처럼, 더 이상 아무것도 느끼지 않는 굳은 심장으로 살게 될까 봐. 그래서 어느 날, 이렇게 말하는 친구의 말이 아팠다. "난 돌처럼 살다 갈 거야. 뒷산에 아무렇게나 놓여 있는 돌." 왜 그렇게 살고 싶은 거냐고 묻고 싶었다. 그게 더 이상 아픔을 느끼지 않고 어떤 바람에도 휘둘리지 않고 굳게 나를 지키고 싶다는, 아무렇게나 놓인 평범한 돌처럼 무연하게 살다 자연으로 돌아가고 싶다는 바람인 줄 알면서도 그렇게까지 단단해지지 말라고 말해 주고 싶었다.

하지만 어느새 나도 내면에 그처럼 단단한 구석을 만들고 있음을 느낀다. 나무를 보듯 나를 보니 이미 굳어 버

심 재 와 변 재

심재 없이 살고 있는 회화나무. 수세가 약해서인지 유독 이끼가 많이 낀 채 위태하게 서 있다.

린 흔들리지 않는 마음이 생기 넘치는 외면을 버텨 주는 힘이 된다는 걸 느낄 수 있다. 단단한 심재가 있어 그 바깥의 물관과 체관으로 물과 영양분이 끊임없이 오가고 또 다른 시간의 삶이 생생이 살아 오를 수 있는 것이다. 그러니 나무처럼 살고 싶다. 때론 말갛게 물이 오른 아이처럼 천진하고, 때론 단단한 내면을 가진 노인처럼 흔들림 없이. 때로 철없이 즐겁고 때론 폭풍 전야의 고요처럼 무겁게 내 안에 침잠하며, 꿋꿋하게 자신을 지키는 나무처럼 살고 싶다.

나 무 가
뿌 리 를
뻗 는
방 법

―――――

천 근 성 과
심 근 성

여름 태풍이 지나간 어느 날, 근무하던 숲에 저 홀로 서 있던 잣나무가 그만 바람에 넘어져 버렸다. 오래 그 자리에 있던 잣나무가, 그것도 뿌리를 꽤 깊이 내리는 심근성에다 수령이 꽤 오래된 우람한 잣나무가 그리 쉽게 뿌리 뽑히다니. 근처에 무리지어 있는 잣나무 숲은 태풍에도 멀쩡한데 왜 이 잣나무만 넘어진 걸까?

　나무들의 뿌리는 서로 인장력을 갖고 있다고 한다. 나

무를 무리로 심었을 때 그 뿌리가 서로서로를 잡아당겨 지탱해 준다는 얘기다. 특히 잣나무는 심근성이면서도 옆 뿌리도 잘 발달하여 인장력이 강하다. 그런데 사람이 함부로 나무를 들어다 다른 곳에 외따로 심어 놓으면 이 나무처럼 태풍을 견디지 못하고 넘어져 버릴 수 있는 것이다. 사람과 다를 바 없다. 사회 구성원이 서로 약한 곳을 받쳐 주고 당겨 끌어 주며 안정된 공동체를 이루는 것처럼 나무에게도 서로가 필요한 것이다.

뿌 리 가
옆 으 로 ,　 아 래 로

나무의 가장 중요한 부분은 비바람에도 끄떡없이 버티게 하고 물을 빨아들이는 역할을 하는, 저 보이지 않는 뿌리일 것이다. 나무가 어떻게 뿌리를 뻗었는지 겉으로 보아서는 알 수 없다. 하지만 나무들은 다 나름의 뿌리 뻗는 방식이 있고, 어떤 나무가 어떤 성질의 뿌리를 갖는지를 안다면 그 뿌리의 모습을 상상이나마 할 수 있을 것이다.
　뿌리의 모습을 짐작하게 해 주는 것은 우선 나무의 수형이다. 뿌리가 넓고 깊게 번져 균형을 잡아 주어야 나무가 가지를 맘껏 뻗을 수 있는 것이니, 겉으로 보이는 나무의 가지가 풍성하다면 그 아래 뿌리도 그만큼 풍성하게 뻗어 있다는 뜻이다. 즉 뿌리와 가지가 대개 대칭을 이룬다고 생각하면 된다.

나무가 뿌리를 뻗는 방법은 어떨까? 크게 두 종류로 설명할 수 있다. 먼저 수평으로 자라 지표 가까이 40센티미터 이내에서 넓고 얇게 분포하는 뿌리의 성질을 천근성이라 하는데 버드나무, 아까시나무, 자작나무, 포플러나무, 벚나무 등 대개의 활엽수들이 옆으로 뻗는 천근성 뿌리를 가진 수종들이다. 유실수로는 복숭아·살구·매실(매화)·사과·앵두·자두 등 새콤달콤한 과일을 맺는 나무들이 있다. 심근성 유실수는 성목이 되기까지 거의 10년 이상 걸리기 때문에 유실수를 재배할 때는 천근성 나무가 더 빨리 열매를 거둘 수 있어 좋다고 한다. 침엽수 중에도 천근성 뿌리를 가진 종류가 있다. 낙엽송, 노간주, 향나무, 가문비, 편백 등이다.

다른 침엽수들은 대개 깊은 뿌리를 선호한다. 이것을 심근성 나무라고 하는데, 굵은 뿌리가 깊이 들어가 중심을 잡고 주근에서 나온 측근이 수평으로도 자라 뿌리를 지지한다. 소나무와 잣나무, 전나무, 비자나무, 주목 등

천근성 수종인

산벚나무의 뿌리

이 심근성 침엽수들이다. 또 느티나무, 참나무류·단풍나무류·목련류, 회화나무, 칠엽수, 마가목 등이 대표적인 심근성 활엽수이며, 유실수로는 감·밤·대추·은행·호두·모과 등이 심근성이다.

　보통 천근성 나무들은 좌우 나무와 영양 경쟁을 하고, 심근성 나무들은 좌우 나무와 우위 경쟁을 하며 생존한다. 이들을 같이 심으면 서로 뿌리 모양과 성장 특성이 달라 외려 상호 공존할 수 있다.

　나무뿌리의 성질을 살펴보니 희한하게 우리 조상들이 제사나 폐백 때 쓰면서 귀하게 사랑해 온 밤·대추나, 시골집 마당 어디나 한두 그루 심어져 시골의 정취와 향기를 더하던 감·모 등 오랫동안 우리 생활과 밀접했던 나무들이 심근성 뿌리를 가지고 있음을 알 수 있었다. 예로부터 우리 조상들은 유독 뿌리 깊은 나무를 선호했다. 〈용비어천가〉에도 뿌리 깊은 나무 바람에 아니 흔들리니 꽃 좋고 열매 풍성하다고 노래했듯, 얕고 넓은 것보다는 깊고 올곧은 뿌리를 가진 나무들과 그런 나무에서 자란 열매들이 사랑받았다. 우리 민족이 제일 사랑하는 나무로 늘 소나무가 꼽히는 것도 뿌리 깊고 늘 푸른 나무들이 선비의 기개나 절개를 상징한다고 여겨져서다.

넘 어 지 지
않 는 법

그런데 잣나무는 심근성 수목인데 왜 잘 넘어지는 걸까?
종종 잣나무들이 넘어져 산사태가 나기도 하는데, 이는
잣나무가 소나무보다 상체에 군살이 많고 하체가 부실하
기 때문이다. 또 잣나무는 하나로 모여 있는 잎이 5개다.
소나무는 2개, 리기다소나무는 3개로 잣나무 잎 수가 제
일 많아 햇빛을 가리고, 떨어진 잎에도 탄닌 성분이 많아
아래쪽에서 다른 식물이 잘 자라기 어렵다. 보통 아래쪽
잡목이 빗물의 속도를 줄여 주기에, 근처에 잡목이 적으
면 물에 쉽게 휩쓸리고 넘어질 확률이 높아진다.

　　나무들은 이렇게 다른 성질의 뿌리들로 서로의 몸을
지탱하며 함께 어우러져 있다. 어느 쪽이 좋다 나쁘다 할
수 없다. 심지어 이런 뿌리의 성질은 환경에 따라 변하기
도 한다. 성장에 필요하다면 고유한 자기 성질만 주장하
지 않는다는 얘기다. 심근성인 나무도 뿌리를 깊이 내릴
공간이 부족하거나 토심이 좋지 않으면 천근성으로 변모
하고, 절개지의 나무는 절개지 반대편으로 굵은 뿌리를
뻗어 다른 뿌리로 감싸기까지 한다니 뿌리의 섭리란 참

옆으로도 밑으로도 뿌리를 뻗는 잣나무.
옆으로도 뿌리를 뻗으니 나무끼리 인장력이 좋다.

대단하다.

나무들은 뿌리에서 서식하는 균근들의 도움을 받아 그물망처럼 서로 연결돼 영양분을 주고받는다. 그리고 뿌리로 서로를 안정감 있게 지지하고 자신의 성장을 조절해 가며 가지를 뻗는다. 나무뿌리들의 거대 공동체가 홍수나 태풍에도 산사태가 나지 않도록 땅을 꼭 잡아 숲을 지킨다. 이때 천근성인 나무들과 심근성인 나무들이 함께 모여 있어야 더 효과적으로 숲을 지킬 수 있다는 사실은 우리에게 간과할 수 없는 가르침을 준다. 서로 다른 성질의 나무들이 함께 모여야 더 튼튼하고 건강한 숲을 이룬다는 것. '네 편 내 편' 가르기 급급한 세상에서 나무는 서로 다른 것들이 어떻게 고루 어우러져 살아갈 수 있는지를 지속적이고도 아름다운 모습으로 우리에게 보여 준다.

숲에서 비를 만나면

만약 숲에 비가 온다면 활엽수와 침엽수 중 어느 나무 아래로 피해야 할까? 정답은 침엽수이다. 가늘어 보이지만 잎의 수가 활엽수보다 많아 더 효과적으로 빗물을 막아 준다. 숲에서 빗방울이 떨어질 때 숲해설가들이 종종 침엽수 아래로 사람들을 이끌면 처음엔 의아해하다가 "오, 생각보다 빗물이 안 떨어지네요"라며 다들 놀라워한다. 한편 비를 피하기엔 좋지만 침엽수들은 잎에 물이 맺혀 있다가 바로 증발해 버리는 탓에 땅에 스미는 물이 적다는 단점도 있다. 그에 반해 활엽수들은 떨어진 빗물로 훨씬 많은 양의 물을 땅 속에 저장한다. 이것을 녹색 댐이라 부른다. 선진국에서는 댐을 건설할 때 주변에 활엽수가 많은지를 고려한다고 한다.

　지구상 모든 생물의 생명의 원천인 물은 어디서 오는가? 우리가 쓰는 가장 좋은 물은 하늘에서 내린 비를 나무들이 흡수한 지하수(잘 가꿔진 숲은 1헥타르당 연간 약 3300톤의 빗물을 저장한다)와 흡수되지 않고 남아 골짜기를 통해 강이나 호수로 흘러간 물이다. 또 물을 머금고 있던 나무들이 기공을 통해 물을 증발시키면 그것이 다시 하늘로 올라가 비가 된다. 그러니 나무들이 우리에게 해 주고 있는 일이야말로 이루 말할 수 없을 정도로 우리 삶 그리고 생명과 직결된 일이다. 숨 쉴 수 있는 깨끗한 공기, 마실 수 있는 물, 과일 등 먹을거리, 우리 삶의 근간을 이루는 대부분의 것들이 숲에서 온다. 그러니 숲을 지키는 것이 바로 우리의 삶을 온전하게 지키는 일이라 해도 전혀 과언이 아니다.

다행히 우리나라는 녹지 조성이 성공적으로 이루어진 산림 강국에 속한다. 어디든 눈을 돌리면 푸르른 숲이 우릴 반긴다. 사계절이 있어 그 변화를 즐길 수 있는 곳에 산다는 것이 얼마나 큰 혜택인지! 모두가 숲을 마음껏 누리며 사는 삶이라면 좋겠다.

수 피 가
갈 라 지 는 건
성 장 하 고
있 다 는
뜻 이 야

――――― 나 무 의
수 피

숲해설을 처음 공부하던 어느 초봄, 선배 선생님이 잎이
없는 어떤 나무를 딱 붙들고 서서 물으셨다. "이게 어떤
나무인지 알겠어요?" 전혀 알 수가 없었다. 고만고만한
수련생 모두가 물음표로 침묵하고 있는 가운데 선생님이
말씀하셨다. "이게 벚나무예요." 가만 보니 수피에 옆으
로 줄이 죽죽 그어져 있었다. 오호라, 벚나무는 저렇게 생
겼구나! 수피로 나무를 처음 알아본 순간이었고, 난 벚나

무도 모르는구나 싶어 적잖은 충격을 받은 날이기도 했다. 당연히 그다음부턴 나무를 보면 수피가 어떻게 생겼는지도 살펴보게 됐다. 세상을 보는 새로운 눈 하나를 더 얻은 듯한 순간이었다. 내 주변에 항상 있는데도 한 번도 자세히 본 적 없던 나무의 수피를 난생 처음인 듯 보게 해 준 눈을. 그 눈은 점점 더 많은 세상의 아름다움에 눈뜨게 해 주었다.

수 피 는 왜
갈 라 지 고 벗 겨 질 까 ?

그렇게 수피를 처음 알아가면서 이해가 안 가는 것도 있었다. 수피가 너덜너덜 떨어져 나간 물박달나무나, 하얀 수피가 잘 벗겨져 편지를 써도 될 정도인 자작나무 같은 수종을 볼 때면 '이래 갖고 나무를 잘 보호할까?' 하는 생각이 들었던 것이다. 겉으로만 보면 그 벌어진 틈새로 병균이 들어가지나 않을까 염려가 됐다.

그러나 내 우려와 달리 나무는 안 껍질인 내수피와 바깥 껍질인 외수피로 나뉘어 있으며, 부피 생장을 주도하는 안쪽의 형성층은 나무의 수피를 만드는 조직을 갖고 있다. 즉 나무는 성장하며 신축성을 가진 내수피를 만들고 시간이 지나 수명을 다하면 그것이 바깥으로 밀려나와 외수피가 되어 환경과 미생물과 곤충들에 의해 조금씩 떨어져 나간다고 한다. 하긴 크기와 몸피가 커 갈 때 이에 맞춰 외수피가 갈라지거나 찢어지지 않으면 마치 딱딱한 갑옷을 입은 것처럼 성장을 방해할 것이다.

그러니 외수피에 나무의 숨구멍인 껍질눈이 만들어지고, 갈라지거나 벗겨져 겉옷의 크기가 맞춰지는 것이다. 느티나무와 벚나무 수피에 옆으로 죽죽 금이 가 있는 이유도, 버즘나무 수피가 정말로 버즘이 핀 것처럼 희끗희끗 떨어져 나간 것도, 모과나무의 맨질맨질한 수피에 얼룩처럼 벗겨진 자국이 있는 것도 다 이런 이유 때문이며 나무의 건강에는 아무런 지장이 없다는 것을 알고 나니 좀 안심이 되었다.

자작나무 껍질은 기름 성분이 있어 불에 태우면 자작자작 소리를 내며 탄다. 자작나무라는 이름이 붙은 것도 그래서라고 한다. 살구나무는 세로로 살살 갈라져 있어 붉은색 속살이 보이는데 외피와 어우러진 색감이 참 예쁘다. 나무의 바깥 수피는 코르크층으로 이루어져 있어 수분의 손실과 외부의 충격이나 병원균의 침입을 막는

갈라져 떨어질 듯한

물박달나무 수피

다. 코르크가 가장 잘 발달되어 눈에 띄는 나무로 굴참나무와 황벽나무가 있는데, 코르크는 와인의 마개로 쓰이는 바로 그 재료다. 가볍고 물에 잘 젖지 않고 심지어 불에도 잘 안 타는 코르크는 나무가 자신을 보호하는 가장 강력한 무기이다. 이 두텁고 맛없는 코르크를 먹겠다고 덤빌 해충도 없을 테니 말이다. 수피는 이렇듯 나무를 보호해 주는 최전방의 방어 수단인데, 그 모양이며 색감이 다 다르고 아름다워 관찰하다 보면 또 하나의 세계로 빠져들고 만다.

배 롱 나 무 의
수 피 를   만 지 며

가장 좋아하는 수피를 꼽으라면 참나무를 꼽겠다. 하얀 선이 들어가 햇빛 좋은 날 숲에서 보면 반짝반짝 은빛이 나는 참나무 수피는 은은한 빛이 숲을 밝혀 주는 듯 환상적이다. 시무나무도 굉장히 특이한 수피를 가졌는데 마치 여러 개의 밧줄이 꼬이듯 올라가기 때문에 그 섬세한 문양이 무척 아름답다. 어느 겨울 빈 가지만 가득한 숲에서 푸른 이끼가 번진 시무나무가 너무나 아름다워 넋을

코르크층이 발달한 굴참나무 수피

흰 섬이 은은히 들어가 있어 햇살 좋은 날 반짝반짝 빛이 나는 참나무 수피

여러 개의 밧줄이 꼬이듯 올라가는 사무나무 수피

잃고 본 적이 있다. 봄에 잎이 나면 그 나뭇잎은 또 어떻고. 어린아이가 삐뚤빼뚤 그린 것 같은 가장자리 결각을 가진 아주 작은 잎은 무척 귀여워서 볼 때마다 설핏 웃음이 난다.

숲체험 때 거칠거칠한 수피들과 어린 배롱나무 수피를 비교해 만져 보길 권하는데, 그러면 매끈한 반전미가 오감으로 확 와 닿는다. 맨질한 속살 같은 배롱나무 수피를 살살 간질이면 나무와 잎사귀가 간지럽다는 듯이 까르르 몸을 흔든다. 거짓말이냐고? 한번 가서 살살 간질여 보시길.

감나무에 홍시가 꽃처럼 붉은, 겨울 가까운 계절에 강릉 오죽헌에 간 일이 있다. 오죽헌에서 가장 인상적이었던 건 오죽이 아니라 뜻밖에도 배롱나무였다. 수령이 아주 오래되고 몸통이 두터운 배롱나무가 특유의 구불구불한 수형으로 동양미를 가득 품고 마당 오른편에 서 있었다. 나이가 많이 든 배롱나무의 수피는 어린 시절처럼 맨질맨질하지 않다. 마치 세월의 질곡을 말해 주듯 울퉁불퉁 옹이가 생겨, 어린 날 그 여린 속살의 배롱나무 수피를 연상하기 힘들다. 오죽헌의 배롱나무는 간질여 보아도 어린 나무처럼 까르르 몸을 흔들 것 같지 않았다. 하지만 꽃은 더 많

나이 든 배롱나무의 옹이들과
어린 배롱나무의 매끈한 수피

고 풍성하겠지. 사방은 온통 검은 오죽인데 그 한가운데에 여름 배롱나무의 분홍 꽃이 화사하게 만발하면 온 마당이 얼마나 환했을지, 그걸 바라보았을 신사임당과 율곡 이이의 모습이 순간 상상되어 맘이 참 좋았다.

　나무의 수피들은 성장을 위해선 한 세계가 파괴되어야 한다는 걸 보여 준다. 모든 나무는 성장을 위해 기꺼이 자신을 찢고 갈라지며 여태 입고 있던 낡은 껍질을 벗어 버린다. 아픔과 고통을 슬기롭게 감내하며 제 나름의 아름다운 꽃을 피우는 나무들, 제각기 다르고 아름다운 수피들을 쓰다듬으며 그들의 말없는 성장을 응원한다.

나무가
가지를
뻗는
방식

———————

층 층 나 무 와
참 나 무

나무는 아무렇게나 가지를 뻗지 않는다. 주위의 다른 나
뭇가지들이나 지형지물들과 부딪히지 않는 선에서 햇빛
을 잘 받을 수 있는 방향으로 향한다. 숲에서 나무들이 우
거진 곳을 올려다보며 사진을 찍으면 기막히게도 서로의
영역을 배려하며 공간을 조화롭게 나눈 나무들의 경계를
확인할 수 있다. 그 나뭇가지들은 혼자라면 더 자랄 수 있
고 더 뻗어나갈 수 있는 것들이다. 하지만 스스로 방향을

조절하고 성장을 멈추어 다른 나뭇가지들과 약간의 거리를 둔다. 잘 자라던 식물들이 서로의 공간을 침범하지 않기 위해 스스로 성장을 멈추거나 완전히 방향을 틀 수 있다니, 경이로운 경지가 아닌가. 더 크게 뻗어 가고 더 넓게 자릴 차지하고 싶은 게 인지상정이건만.

나무들은 가지의 개수, 뻗는 각도 등에서 피보나치수열에 가까운 황금비율을 자랑한다. 침엽수의 수형이 삼각뿔 형태인 이유나 몬스테라 잎에 구멍이 난 이유는 아래쪽까지 고루 빛이 들게 하기 위함이다. 나무들의 멋진 수형은 이런 선택들로 이루어진 것이며, 그 덕분에 겨울 숲의 빈 가지 앞에만 서도 본능적으로 조화로움과 평화로움을 느낄 수 있다.

숲 의
폭 군

그런데 이런 나무들 세계의 룰을 혼자만 따르지 않아 숲의 폭군이라고 불리는 나무가 있다. 서로를 피해 얼기설기 가지를 뻗는 다른 나무들과 달리 나무 둥치를 중심으로 같은 높이에서 한 바퀴 빙 돌려가며 길게 수평으로 팔

나무들의 극확된 경계
왼쪽 가운데서 자라나 키 키를 지키기 힘들었던 나무는 고사되었다.

을 펼쳐 놓는 층층나무다. 마치 여긴 다 내 자리라는 듯 다른 나무들의 가지 방향을 염두에 두지 않고 제 둥치를 감싸며 자라는 모양새다. 이렇게 돌려 핀 나뭇가지들이 멀리서 보면 층을 이루며 자란다 하여 층층나무라는 이름이 붙었다. 게다가 빨리 자라는 속성수여서 금세 키가 다른 나무들을 추월해 그늘을 만드는 바람에 숲의 폭군이라고 불리는 것이다.

어느 날 참나무 사이에서 이 층층나무가 자라는 양상을 유심히 보았다. 이 녀석이 한편에 자릴 잡고 사방으로 가지를 활짝 펼치면 옆의 덩치 큰 참나무들은 철없는 어린 것이 세상 모르고 자기주장을 세울 때 허허 웃으며 너그럽게 봐주는 품 넓은 어른처럼 다른 곳으로 가지를 뻗어 준다. 거대하게 자란 참나무 하나는 층층나무와 곁의 또 다른 나무를 피하느라 아예 한쪽 방향으로만 가지를 길게 뻗었다. 그 모양새를 보니 참 마음이 애틋하다.

뿌리는 한자리에 붙박여 있는데 제 몸의 중심을 피해 가지를 한 방향으로만 뻗으려니 얼마나 다리가 저릴까. 사람 같으면 저 우람한 몸이 똑바로 서 있지 못하고 한쪽으로 길게 기울어진 채 힘겹게 중심을 잡는 꼴이다. 속도 모르고 층층나무는 제 자리에서 편안하게 팔을 펼치고 있다. 마치

둥글게 팔을 뻗은 왼쪽의 층층나무와

이를 피해 오른쪽으로만 팔을 뻗은 갈참나무

어른들의 배려를 받는 아이처럼 천진한 모습이다.

적 당 함 의
미 덕

그러나 숲의 폭군이라 불리는 층층나무도 이웃들의 눈치를 살핀다는 것을 뒤늦게 발견했다. 다른 곳에 자라고 있는 층층나무를 가만 보니 원래 가지가 빙 돌려나는 녀석인데도 다른 나무가 있는 쪽엔 팔이 짧거나 아예 가지를 내지 않았다. 그래, 네 녀석도 눈치가 아예 없지는 않구나. 적당함이란 걸 아는 게 자연 상생의 이치다.

경기도 가평 서리산에서 남양주 축령산으로 넘어가는 능선 중 꽤 넓은 길에 수령이 아주 오래된 층층나무들이 비탈에 살짝 기울어진 채 팔을 땅 가까이 옆으로 길게 펼치고 있는 구간이 있다. 봄이 되면 가지 위에 얹히듯이 위로 돋는 새순이 마치 겨우내 텅 비었던 빈 땅을 초록으로 수놓는 듯 보인다. 잎맥의 문양도 빛깔도 무척 아름다워, 아무도 이 친구를 폭군이라 부르지 못할 것이다. 게다가 5월이면 눈부신 하얀 꽃들을 주렁주렁 나무에 쏟아 놓는다. 5월 햇살 아래 꽃이 필 때의 층층나무는 인생의 절정

다른 나무를 피해 한쪽에는 가지를 내지 않은 층층나무

옆의 나무를 피해 꽃피울 곳을 찾아 둥글게 휘어진 야광나무

을 그대로 보여 주는 듯 찬란하다.

　모든 나무는 나름의 방식으로 제 생을 충실히 살다 간다. 더 훌륭한 나무는 없다. 그게 특이한 방식이든, 다소 탐욕스러운 방식이든 때가 되면 가장 아름다운 잎과 꽃을 피우고 튼실한 열매를 맺으며 한살이를 훌륭히 해내니 나름의 덕을 쌓는 것이다. 중요한 것은 층층나무처럼 다른 방식으로 살더라도 적당함을 아는 것이다. 나만의 삶을 살더라도 지나치게 주위에 피해를 주지 않는 적당함을 아는 것, 그것이 숲에서 어울려 살아갈 수 있는 방법이다. 모두 다 똑같을 필요는 없다. 서로의 다름을 이해해 주고 너그럽게 포용해 주고, 적당함을 알면 된다. 다르기 때문에 숲은 더욱 푸르게 함께 깊어 간다.

잎의 언어

누 가
잎 속 에
그 림 을
그 렸 나 ?

———

잠 엽 성
곤 충

숲의 무성하고 싱싱한 잎들 사이에는 언제나 곤충들이 공
존한다. 곤충들이 주로 먹는 먹이 식물을 기주식물이라
고 하는데, 곤충마다 선호하는 식물이 다르다. 중국청람
색잎벌레는 박주가리처럼 독이 있는 잎을 먹어 몸에 독을
축적하여 천적에게서 자신을 보호한다. 버드나무의 거품
벌레와 버들잎벌레, 팽나무와 풍게나무의 왕오색나비 애
벌레, 화살나무를 좋아하는 노랑배허리노린재, 산초나무

의 호랑나비애벌레, 산초나무에도 살고 층층나무 아래만 가면 수북이 짝짓기하는 것을 목격하곤 했던 에사키뿔노린재, 소태나무의 긴가위뿔노린재, 회양목의 회양목명나방애벌레와 큰광대노린재 등 기주식물을 알면 그 곤충을 쉽게 만날 수 있다.

내가 발견한 것 중 가장 놀라웠던 곤충은 〈숲에서 한나절〉에 등장했던 겨울 얼음 속 풍게나무 잎의 왕오색나비 애벌레였는데, 이번엔 그에 못지않은 보호색과 놀라운 비주얼을 가진 세욱갈고리나방을 소개해 보려고 한다. 이 친구는 얼핏 보면 영락없이 시든 나뭇잎이 또르르 말린 것처럼 생겼다. 몸통을 시든 잎처럼 군데군데 고동색으로 위장하고 시든 잎자루 같은 꼬리를 달고 있다. 아이들과 잎을 관찰하다 얼핏 시든 잎인 줄 알고 꼬리를 들어 던질 뻔하다 깜짝 놀랐다. 애벌레라는 걸 알고 자세히 보니 모양이 얼마나 특이하던지. 머리에 뿔이 난 모습이 마치 왕관을 쓴 듯하고 긴 꼬리가 매력적인, 귀족처럼 우아하게 생긴 녀석이라 숲해설가 동료들이 다 찾아가 들여다보며 놀라워했다. 처음 본 생명이라 이름을 몰라, 백당나무를 기주식물 삼는 곤충들의 목록을 찾아보고서야 이름을 알았다. 곤충들은 그렇게 각기 다른 기주식물에서

기주식물과 곤충들(왼쪽 상단부터 시계 방향으로)

○ 박주가리 잎 위 중국청람색잎벌레(2021. 7. 6)

○ 백당나무의 시든 나뭇잎으로 위장한 세욱갈고리나방 애벌레(2020. 5. 17)

○ 회양목의 큰광대노린재(2018. 6. 12)

먹고 자라고 짝짓기하고 은신처로 삼으며 서로 먹이 경쟁을 피하기에, 조금만 주의를 기울이면 눈으로도 쉬이 관찰할 수 있다.

잎 속을 파먹는 곤충

그런데 좀체 우리 눈에 띄지 않는 곤충들도 있으니 바로 잠엽성 곤충들이다. 이 녀석들은 잎 속에서 굴을 파는 것처럼 주욱 무늬를 내며 잎살을 파먹는데, 잎 속에도 공간이 있으리라 짐작하기 어렵기에 존재를 눈치 채기가 쉽지 않다.

하지만 잎들은 무심코 보듯이 한 겹이 아니다. 나뭇잎 속은 보통 섬유질로 가득 차 있어, 질경이나 산수유 잎을 살살 잘라서 당겨 보면 안에서 하얀 섬유질이 죽 늘어난다. 잎이 분명 잘렸는데도 끊어지지 않는 신기한 모습을 볼 수도 있다. 이처럼 잎은 큐티클로 감싸인 겉면 외에 잎 속 섬유질 등 또 다른 성분이 있다. 이런 섬유질을 이용한 친환경 제품들도 속속 개발되고 있다. 버려지는 나뭇잎이나 식물 껍질을 활용해 지갑을 만들기도 하고 최근에는

잎의 섬유질과 잠엽성 곤충이 그린 무늬(상단부터 반시계 방향으로)

○ 산수유 나뭇잎의 섬유질(2021. 4. 27)

○ 까실쑥부쟁이 잎의 잠엽성 곤충 흔적(2021. 9. 23)

○ 서양등골나물에 잠엽성 곤충이 그린 기하학적인 무늬(2021. 10. 19)

파인애플 줄기와 잎사귀로 만든 '피나텍스' 가죽이란 걸 개발해 가방을 제작한다는 기사도 보았다. 하긴, 그 옛날 삼베도 대마 줄기로 만든 잎섬유로, 그 유용성은 우리도 익히 아는 바다.

여름이나 가을 숲을 거닐다 보면 싱싱한 초록 잎들 사이에서 묘한 무늬를 발견할 수 있다. 마치 어느 예술가가 섬세한 붓으로 하얗게 그려 놓은 선같이 기하학적인 무늬가 무척 아름답기까지 하다. 종종 그 아름다운 문양에 끌려 잎들 앞에 머문다. 어떤 잎은 기포가 생긴 것처럼 잎 안쪽이 하얗게 들떠 있기도 하다. 어느 날은 가만히 들여다보니 몸체가 바알간 애벌레 한 마리가 잎을 실컷 파먹었는지 움직이지 않고 잎 한쪽에 편안하게 누워 있는 게 보였다. 몸이 핑크색보다는 진하고 빨간색보다는 연한 붉은 빛이었는데, 자세히 보려면 잎을 찢고 카메라로 확대해 찍을 수밖에 없을 터였다. 하지만 녀석이 마음껏 먹고 편안히 휴식을 취하고 있는 은신처를 찢어 버리고 사진을 찍고 싶지 않았다. 그저 잎을 파먹고 사는 굴파리나 굴나방 중 한 종류겠거니 짐작할 뿐이다.

나중에 사진을 확대해 보니, 맙소사, 한 마리가 아니었다. 너덧 마리가 함께 모여 잎 속을 파먹으며 제각기 다른 방향으로 길을 내며 간 흔적 끝에 한 마리씩 크고 작은 녀석들이 보였다. 가운데 하얗게 들뜬 부분엔 제법 덩치 큰 녀석의 바알간 몸이 보였다. 그래서 유난히 먹은 흔적이 크고 잎이 하얗게 들떠 있었던 것이다. 만약 자세히 보려고 하얗게 들뜬 부분을 찢었다면 대체 몇 마리나 되는 곤충들의 안온함을 방해했을지, 그대로 두길 정말 잘했다 싶었다.

사실 숲에선 나뭇잎 하나도 무신경하게 따서는 안 된다. 한창 참나무 잎을 종류별로 구분하기 바쁘던 새내기 숲해설가 시절 일이다. 아주 잘 자란 떡갈나무가 무성한 곳에서 잘생긴 잎 하나를 딱 꺾어 들었는데, 뒷면에 호리병벌이 흙으로 호리병 모양의 집을 예쁘게 짓고 있었던 게 아닌가. 그 녀석은 영문도 모르고 집을 마무리하던 그 자세 그대로 잎 뒤에 딸려 나왔다. 정말로 심장이 철렁했다. 잎을 다시 나뭇가지에 붙이고만 싶었다. 애써 만든 집이 그만 통째로 떨어져 버렸으니 이런 난감한 일이 어디 있겠나. 이 녀석은 눈앞에서 벌어진 일을 믿을 수 없다는 듯이 잎 뒤에 그대로 매달려 떠날 줄 몰랐다. 마음 아픈 모습이었다. 그 녀석은 다른 곳에 다시 집을 지어야 한다는 것을 알아챘겠지? 미련하게 거기에다 알을 낳진 않았을까 못

㉙ 겨울 풍게나무 아래 얼음이 서린 나뭇잎 아래서

월동하는 왕오색나비애벌레(2020. 12. 30)

㉑ 잎을 텐트처럼 세워 그늘막을 만들고 쉬는 곤충

(2021. 8. 10)

내 걱정이 됐다. 알았대도 다른 데 또 집을 짓는 수고를 해야 했을 텐데, 이런 죄스러울 데가. 이후로는 관찰을 위해, 촬영을 위해 일부러 숲을 파헤치거나 뭘 따거나 하지 않는다. 그저 있는 그대로 잘 담을 수 있도록 노력할 뿐이다.

작은 존재들의 평화

잠엽성 곤충이 멋지게 그림을 그린 나뭇잎 옆엔 재밌게도 나뭇잎 그늘막을 만들어 놓고 유유자적하는 녀석도 있었다. 자신의 실로 옆의 나뭇잎을 텐트처럼 묶어 세워 그늘을 만들고 그 그늘 아래 잎에 안락하게 누워 있다. 보송보송 실 뭉치로 자신을 감추고 있는 걸로 보아 거미 종류 같았다. 뜨거운 햇빛을 잘 가리도록 나뭇잎 그늘막을 만들고 편안히 여름 한낮을 보내는 녀석의 휴식을 방해하고 싶지 않아 가만히 지켜보다 왔다.

숲에는 이렇듯 잘 보이지 않는 아주 작은 존재들이 그들만의 세상에 산다. 굴파리나 굴나방 등 잠엽성 곤충들은 식물의 잎에 섬세한 무늬를 그리고, 갖가지 곤충들이 잎에 깃들고 벌들도 잎 뒤에 그들만의 집을 지으며 신비한 언어를 속삭인다. 그래서 숲에 가서 나뭇잎과 그 뒷면을 잘 들여다보기만 하면 그 식물을 기주식물 삼는 곤충들과 곤충들의 알집들, 잠엽성 곤충들 등 수없이 많은 숲의 생명을 만날 수 있다. 참나무에 붙어 있는 동그랗고 붉은 보석 같은 참나무혹벌의 알, 초봄 회양목에 오글오글 모여 있는 광대노린재들의 귀여운 등무늬, 겨울이면 빈 가지에 깃드는 사마귀 알집들, 참나무 뒷면을 뒤집으면 벌집에 알을 낳고 있는 쌍살벌.

나와 전혀 다른 세계에 살고 있는 이들, 자세히 보지 않으면 있는 줄도 모르는 작은 존재들, 이들의 세상도 큰 존재들의 세상 못지않게 안온하게 잘 지켜지길 바란다. 작고 약한 존재들이 안전한 세상이야말로 진정으로 평화로운 세상이라 믿기 때문이다.

저
벌레집은
누가
만들었을까

―――――

말린 잎과
꽃 같은
충영

초봄 연하게 태어나는 나뭇잎의 연둣빛이 너무 사랑스러
워 그 빛깔을 볼 수 있는 3월과 4월이 참 좋다. 출근길 먼
산에서 연푸르게 번져 가는 봄빛의 설렘, 가까이서 보면
드러나는 나름의 질감과 모양들의 섬세함. 나는 사실 꽃
보다 잎이 더 좋은 사람이다. 예쁘기로 따지면야 꽃이 더
승하겠지만 변함없이 늘 숲을 지키고 있는 푸른 나뭇잎의
싱그러움이야말로 숲을 찾는 가장 큰 이유가 아니려나.

나무의 종류에 따라 잎의 모양은 천차만별인데, 의외로 숲에는 하트 모양 나뭇잎이 참 많다. 가을이면 솔솔 솜사탕 향기를 풍기는 달콤한 계수나무 잎, 첫사랑의 맛이라는 쓰디쓴 라일락의 하트 잎. 박태기나무나 생강나무의 크고 동그마한 하트 잎부터 괭이밥이나 참싸리 같은 여리고 조그만 하트까지. 크고 작고 여리고 두터운 하트들이 온통 사랑으로 가득 채워 숲을 빛낸다.

참나무 잎은 가장자리 결각이 아주 유려한 물결무늬다. 그 멋진 곡선이 참 좋다. 자연스럽게 구불구불 번져가는 곡선미를 보면 이상하게 맘이 편해진다. 벚나무 잎이나 느릅나무 잎들은 결각에 뾰족뾰족 톱니가 있는데 '이 치밀한 선들 좀 보소' 할 정도로 정교하고 섬세하다. 자유로운 곡선들부터 뾰족한 결각의 형태, 나뭇잎의 주맥과 측맥의 형태 등은 동정同定(식물을 분류하고 명칭을 정하는 것)의 단초가 되기도 하니 유심히 볼 수밖에 없다. 그렇게 자세히 보면 나뭇잎들이 품고 있는 수많은 이야기를 발견할 수 있다.

(위) 생강나무 하트 잎과 왕관 모양 잎(2020. 8. 14)

(가운데) 계수나무 하트 잎(2022. 9. 16)

(아래) 참싸리 하트 잎(2022. 10. 14)

곤 충 들 의
집

곤충들에게 특히 사랑받는 잎은 쪽동백나무의 크고 둥근 잎이 아닐까 싶다. 봄부터 쪽동백 나뭇잎에는 곤충 손님들이 깃든다. 누군가 큰 잎을 죄다 둘둘 말아 기다란 소시지처럼 만들어 놓은 것을 자주 볼 수 있는데 4월쯤 호기심에 살짝 그 말린 잎을 풀어 보면 여지없이 잎말이나방 애벌레들이 꼼지락한다. 그뿐만 아니라 쪽동백에 사는 진딧물들이 만들어 놓은 벌레집도 심심찮게 발견할 수 있다. 이건 벌레들이 직접 짓는 게 아니라 진딧물들이 알을 낳으면 나무가 그 피해를 막기 위해 스스로 그것들을 감싸(이상 비대) 벌레집 형태가 되는 것이다. 덕분에 집을 얻게 된 진딧물들은 거기서 잘 성장해 나중에 그 벌레집을 나가니, 이 또한 공생관계 비슷하달까.

쪽동백의 충영과 똑 닮은 것을 때죽나무에서도 발견할 수 있다. 쪽동백나무도 때죽나무과라 두 나무에 똑같은 모양의 때죽납작진딧물 충영이 달리는 것인데, 모양이 영락없이 몽키바나나처럼 생겼다. 진딧물들이 다 자라 나가고 나면 구멍이 숭숭 나 빈집처럼 낡고 허술해 보이지만 갓 달린 충영들은 싱싱한 꽃 같은 모양이다. 벌레 집조차 아름다움을 간직한 것이 바로 숲이다.

숲 사무실 앞에 있던 큰 갈참나무 잎도 여기저기가 돌돌 말려 있어, 살짝 펴 보면 역시 잎말이나방 애벌레가 살고 있다. 역시 쪽동백나무같이 큰 잎에 깃든 녀석들이 덩치가 제일 컸다. 펼친 잎 안쪽에는 잎을 말 때 내뱉은 실들과 애벌레 똥들이 함께 뒤섞여 있는데 애벌레가 성장해서 나가고 나면 이번엔 그 말린 잎을 고마로브집게벌레 같은 다른 곤충들이 재활용한다. 숲에 사는 딱따구리들이 나무를 쪼아 만들어 놓은 동그란 구멍 집을 딱따구리가 나간 뒤 동고비 같은 다른 새들이 이용하는 것처럼, 잎말이나방들이 나가고 난 뒤엔 잘 말린 그 잎을 집 삼아서 다른 곤충들이 여름비도 피하고 가을 추위도 피하는 것이다. 그 모습을 보며 아주 작은 존재들도 서로에게 도움이 되는구나 싶어 맘이 따스해지곤 했다.

올해는 신기하게도 마 잎의 한쪽이 삼각 모양으로 살짝 접혀 있는 것을 보고 누굴까 몹시 궁금했다. 한 군데 발견하고 보니 그런 흔적이 한두 군데가 아니었다. 몇 번이나 딱 접힌 잎들을 들춰 봐도 보이지 않던 녀석들이었는데 어느 날 응가를 하러 집에서 살짝 나온 한 녀석을 우

위 쪽동백의 때죽납작진딧물 충영.
진딧물들이 자라서 나간
구멍들이 보인다. (2022. 9. 16)
가운데 잎말이나방 애벌레들이
말아 놓은 쪽동백나무 잎들
(2022. 9. 8)
아래 마 잎의 살짝 접힌 집 밖에서
볼일 보는 왕자팔랑나비 애벌레
(2021. 8. 18)

연히 발견했다. 짜식들, 눈에 잘 띄지 않더니 생리현상은
또 밖에서 해결하느라 내게 딱 들킨 것이다. 녀석의 하는
양을 보고 웃음이 나는 그 아침이 평온했다. 마 잎을 이렇
게 잘 접어 놓은 이 누굴까, 하고 자료를 열심히 찾아보니
왕자팔랑나비 애벌레란다. 또 하나 잎에 깃든 이야기를
알아 간다.

　　나뭇잎들 속 또 하나 재밌는 이야기는 오배자라고 불
리는 붉나무의 충영이 품고 있다. 오배자라고 불리는 이
유는 붉나무 충영이 처음보다 다섯 배로 커지기 때문이
다. 진딧물과의 오배자면충이 붉나무 날개잎에 알을 낳
기 위해 상처를 내면 그 부근의 세포가 이상 분열해서 혹
처럼 울퉁불퉁한 주머니가 되는데, 이것이 오배자다.
이 충영으로 나무는 진딧물을 막아 가두어 피해를 줄이
고, 오배자면충은 집을 얻어 그 속에서 성장하여 나간다.
〈동의보감〉에 따르면 오배자는 피부의 버짐, 가렵고 고
름이나 진물이 나는 것, 종기와 부인병을 치료하는 데 좋
아 한약재로 쓴다고 전해진다. 지혈, 해독, 항균 작용을
하는 약재로도 두루 쓰인다. 또 타닌이 포함돼 있어 천연
염모제로도 쓰이고 잉크의 원료가 되기도 한다. 참 쓰임
이 많은 충영이다.

붉나무는 키는 그리 크지 않고 길쭉한 가지에 큰 잎들을 깃꼴 겹잎으로 달고 있다. 잎자루 엽축에 잎의 색깔과 닮은 날개를 달고 있어 다른 나무들과 쉽게 구별된다. 붉나무는 특히 열매가 굉장히 특이하다. 열매가 주렁주렁 개옻나무의 열매처럼 늘어지는데 그 겉 표면에 소금기가 가득하다. 흔한 나무이기에 숲체험 때 종종 그 열매의 맛을 혀끝으로 살짝 맛보게 하면, 열매에서 나는 강한 소금 맛 때문에 사람들이 깜짝 놀라곤 한다. 이런 연유로 '소금이 묻은 열매'라 하여 염부자·염부목이라 불리기도 한다. 직박구리, 어치, 딱새, 곤줄박이 등 염분이 필요한 새들에게 고마운 열매다. 옻나무과의 나무지만 옻이 오르진 않아 만지거나 열매를 맛보아도 좋으니, 가을 숲에서 제일 먼저 붉게 물든다 하여 이름도 붉나무가 된 이 아름다운 나무를 한번쯤 만나 보시길. 옻을 타는 사람들이라면 잎자루에 날개가 달리고 겨울에 잎이 졌을 땐 가지 끝에 열매가 달리는 것이 붉나무이니, 가지 가운데 열매가 달리는 옻나무와 잘 구분해서 관찰하시길 바란다.

(위) 날개가 발달한 붉나무엽축(2022. 6. 8)

(가운데) 붉나무의 오배자(ⓒ이남섭, 2022. 9. 15)

(아래) 가지 가운데 달리는 개옻나무 열매와 잎.

잎자루가 붉어 구분이 잘 된다. (2020. 7. 15)

느 린 걸 음 이
되 어

물론 식물의 입장에서 보면 잎을 해치는 곤충이 해충일 수 있다. 그러나 숲과 오래 교감을 해 온 사람들은 숲에 깃든 생명 어느 하나 함부로 여길 수가 없다. 그들 또한 숲의 자연스런 생태적 순환에 한몫하는 존재이며, 신비로운 숲의 언어를 품고 있으니 결코 미워할 수가 없다.

올해엔 마 잎을 착 접어 놓은 왕자팔랑나비의 솜씨에 감탄하지 않을 수 없었다. 비 오는 날 애벌레가 잘 있나 살짝 들여다보면 애벌레가 안쪽 깊숙이 안온하게 깃들어 쉬고 있는 것이 보인다. 아주 간단하고 단순한 이 집이 무척 실용적인 걸 알 수 있었다.

잎말이나방의 흔적과 왕자팔랑나비의 잎 집, 오배자와 충영들에 대해 몰랐다가 알게 되었다면 아마 이제부터 숲에서 걷는 속도가 달라질 것이다. 예전엔 그냥 휙휙 지나치며 한 시간이면 족했던 숲길에서 그들을 만나다 보면, 걸음이 문득 느려지는 순간을 맞게 될 것이다.

바쁘게 앞만 보고 달려온 삶의 속도가 어느새 느리게 변하는 순간을 숲은 선사해 줄 것이다. 숲의 말없는 언어

하트 모양 잎을 자랑하는 계수나무는 단풍이 들면 솜사탕 같은 향이 난다.

들을 점점 이해하게 되면 하나 둘 멈추어 들여다볼 것들이 점점 늘어나고 그런 것들을 하나도 모르고 그냥 지나쳤던 시절들과 분명 다른 시간을 숲에서 얻게 된다. 그건 처음엔 놀라움이거나 신비함이었다가, 이내 만나는 기쁨과 들여다보는 시간의 평온함이 되고, 마침내 그들의 삶을 애틋하게 응원하게 된다. 한순간도 제 삶의 방관자가 아닌 그들의 옹골찬 삶에서 늘 격려와 위로를 되받곤 한다. 숲이 늘 기쁨과 위로인 이유다.

길 이 가
다 른
잎 자 루 와
짝 궁 뎅 이
잎

―――――

은 행 나 무 와
느 릅 나 무
잎 의
비 밀

은행나무 잎이 맨 처음 나오는 모습을 자세히 본 적이 있
는지. 이 부채꼴 잎들은 처음부터 그렇게 좍 펼쳐져 나오
지 않는다. 양쪽 날개 같은 부채꼴 모양을 접고 접어, 몇
개의 잎이 함께 연푸른빛으로 태어난다. 어떻게 이 여린
잎들이 저 딱딱한 수피를 뚫고 함께 뭉쳐나올 수 있는지,
쪽지처럼 꼬깃꼬깃 접혀 나온 모습이었다가 점차 어엿하
게 잎을 잘 펼치고 햇살을 가득 받고 있는 것을 보면 참 대

건하다. 아기가 태어나자마자 잘 먹고 잘 자는 것만으로도 대견한 것처럼 내게는 숲의 식물들이 그렇다. 모두 어떤 고난을 뚫고 나오는 것이다. 어떤 어려움 속에서도 의연히 성장하는 것이다. 그 과정 중 하나만 잘못돼도 저리 싱그러운 모습을 보여 줄 수 없으니 그 모습 하나하나가 다 소중하다.

은행나무 잎은 몇 개의 잎이 한곳에 뭉쳐난다. 이때 잎자루의 길이가 똑같으면 잎들이 겹치기 때문에 식물의 성장에 가장 중요한 햇빛을 골고루 잘 받을 수 없다. 그래서 하나는 좀 짧고 어느 건 조금 더 길고 어떤 건 제일 짧게 서로의 길이를 조절한다. 그리고 잎자루로 잎의 방향도 조절한다. 어떻게 이 친구들은 서로 말도 없이 이렇게 쿵짝쿵이 잘 맞아 같은 햇살과 바람 아래서도 잎의 길이와 간격과 방향을 조절할까. 분명 우리가 모르는 언어로 서로 소통하고 있음이 틀림없지 않은가 말이다. 은행나무 잎자루를 만져 보며 새삼 자연의 언어에 더 깊이 매료되었다. 배, 사과, 자두나무 잎 등 뭉쳐나기로 달리는 모든 잎이 이런 원리를 따른다. 꽃도 나뭇잎도 신의 손길이 담겼을 거란 생각이 자연을 보면 절로 든다.

자 연 스 런
나 뭇 잎 의 잎 차 례

숲에서 나뭇잎들의 배열 방식(잎차례)을 보는 재미도 쏠쏠하다. 느릅나무 잎은 어긋나기로 달리는데, 주맥을 중심으로 반으로 나눠 보면 잎의 크기가 좌우 비대칭이다. 보통 나뭇잎들은 잎의 가운데 주맥을 기준으로 잎 몸이 좌우 대칭인 데 비해 느릅나무 잎은 한쪽이 약간 좁아 기우뚱한 느낌을 준다. 그 모습이 왠지 뒤뚱거리며 걷는 아기의 귀여운 엉덩이를 떠올리게 하기에, 숲해설가들은 '짝궁뎅이'라는 애칭으로 부르곤 한다. 물론 한 잎씩만 보면 그렇다는 것이고 전체적으로 보면 다른 자연들이 그러하듯 매우 아름다운 균형감을 자랑한다.

그 느릅나무 잎이 왜 그렇게 생겼는지 보자마자 궁금증이 일었지만 초보 숲해설가 시절엔 바로 알기 어려웠다. 하지만 자연과 함께 한 시간이 점점 깊어지니 그 몸짓이 저절로 이해되는 순간들이 오기도 한다. 그날도 느릅나무 잎의 배열을 찬찬히 보다가 문득 깨달았다. 아하! 주맥을 중심으로 좀 좁은 쪽 잎 옆에 다른 잎의 넓은 쪽이 배열되는구나. 칡잎과 생강잎처럼 옆의 다른 잎과 겹치지 않으려고 이렇게 생긴 거로구나!

생각해 보면 당연한 것을 왜 이제야 눈치챘지 싶었다. 옆의 큰 쪽 잎 자리를 배려해 주느라 내 잎을 조금 더 작게 좁혀 준 것이다. 느릅나무는 그렇게 오밀조밀 자신들만의 방식으로 사이좋게 모여 있다. 자세히 보지 않으면 그 잎이 짝꿍뎅이인줄도 모르고 그냥 지나칠 일이다. 이렇게 뭉쳐나는 잎들은 잎자루의 길이와 방향을 조정하고, 마주나거나 어긋나는 잎들은 잎 넓이나 모양을 달리해서 서로의 자리를 배려하며 조화롭게 상생하고 있다는 걸 알고 나면 숲이 좀 더 사랑스럽고 아름답게 느껴진다.

혼자만 잘 살겠다고 좋은 자리를 독차지하지 않는 것, 비록 내 자릴 좁혀도 서로 함께 잘 살 수 있는 지혜로운 방식을 택하는 것, 그것이 숲이 우리에게 가르치는 삶의 방식이다. 그래서 숲은 가장 큰 스승이다.

작 은 것 을
발 견 하 는 기 쁨

숲과 오래 함께하다 보니 이젠 나뭇잎들의 미세한 생김이나 배열 방식의 차이가 점점 더 잘 보인다. 여름날 단풍잎

위 단풍나무 잎 부채(2022. 9. 19)

아래 층층나무 잎이 도열해 있는 자연의 부채(2021. 7. 15)

을 보면 얼마나 아름다운 형태로 잘 도열돼 있는지. 초봄에 들쭉날쭉 나던 잎들이 여름이 짙어지면 어느새 자리를 잘 잡아 한 잎도 겹치지 않고 일제히 병풍을 두르듯 좍 펼쳐진다. 그 모습이 마치 커다란 부채 같다. 손으로 그 위를 슥 쓸어보면 들어가거나 나온 곳이 없다.

층층나무도 마찬가지다. 한여름 어찌나 질서정연하게 부채처럼 펼쳐져 있는지. 확실히 나무 위쪽이나 바깥쪽 잎은 자유분방한 모습 그대로인데, 아래쪽이나 안쪽에 있어 햇빛을 잘 받지 못하는 잎들은 서로 겹치지 않도록 질서정연하게 자리 잡아 그 빼곡한 부채 속으로 얼굴을 들이밀면 앞이 안 보일 지경이다. 찰칵 찰칵 그 모습을 몇 번이고 카메라에 담아 기억해 주고 싶어진다.

다른 잎은 다 초록이 성성한데, 새로 나는 잎들이 바로 옆의 잎들과 완연히 다른 자색을 띠는 경우도 있다. 갓 태어난 어린잎들이 강한 자외선에 피해를 입지 않도록 그런 빛깔을 띠는 것이다. 마치 자외선 차단제를 바른 격이라고 할까. 서서히 햇빛에 적응하면서 광합성에 필요한 엽록소가 생성되어 초록색이 된다. 늦게 태어난 그 잎의 여린 색감을 기억하고 싶어서, 무슨 대단한 풍경이 아닌데도 자주 사진기를 꺼내 들게 된다.

새로 나와 엽록소가 생기기 전인

자색 잎들(2021.7.1)

눈앞에 입이 떡 벌어지는 거대한 장관을 목격해서만 감탄하고 기쁜 게 아니다. 아주 사소한 식물들의 몸짓에 깃든 숲의 언어를 이해할수록 다른 언어로 식물들이 말을 걸어 오는 순간순간이 다 각별해지고, 그 교감이 깊어 지면 놀라운 이야기를 발견하는 기쁨과 행복을 얻곤 한다.

오늘 내가 만나고 바라본 것들로부터 충만한 기쁨을 느낀다면 그 하루는 행복하다. 그런 행복한 하루들이 켜켜이 모이고 쌓이면 그게 어느덧 내 인생이 되는 것이니, 행복도 연습이 필요하다. 가장 훌륭한 연습은 좋아하는 것 앞에 가만히 머물러 깊이 들여다보는 것이다. 그런 평화로운 순간들은 내 안에 깃든 풍요한 감각들과 좋은 감정들을 불러일으켜, 깊이 교감하는 것들로부터 기쁨과 행복을 발견하는 사람으로 서서히 날 변화시켜 줄 것이다. 언제나 새로운 감각과 즐거운 감정을 불러일으키는 숲은 행복을 연습하기 가장 좋은 장소이니, 행복을 발견하고 싶거든 숲으로 가라고 오늘도 힘주어 말해 본다.

보글보글
버드나무의
거품
자국

————   거품벌레의
집

봄에 물이 오르는 버드나무 잎을 보면 보글보글 묘한 거
품 자국이 보일 때가 있다. 숲을 하나도 모를 땐 누가 잎
에 침을 뱉어 놨나 싶었지 그게 어느 곤충의 집이리라 상
상하진 못했다. 숲해설가가 되어 그게 우연히 보인 자국
이 아니라는 걸 알게 됐다. 버드나무 종류뿐 아니라 다래
나무 잎이나 물참대나무 잎도 여기저기 거품이 일어난 걸
보고 자료 조사를 해 본 뒤에야 그게 거품벌레 집이란 걸

알았다. 오, 이 거품 속에 곤충이 들어 있다고? 그 실체를 확인하고 싶어 거품 속으로 나뭇잎을 쓱 집어넣어 그 녀석이 다치지 않게 힘을 빼고 살짝 들어 올릴 때 심장이 두근두근했다. 드디어 까무잡잡한 작은 뭔가가 딸려 나와 얼른 루페를 대고 들여다볼 때의 느낌이 아직 생생하다. 이 속에 진짜 곤충이 있을까 싶다가 진짜로 만나는 기쁨은 상상 그 이상이다.

정 말　거 기 에
살 아　있 구 나

곤충들은 때로 너무 작아서 내 손에 닿아 있는데도 살아 있는 생명체라는 게 믿기지 않곤 한다. 작은 움직임을 제대로 관찰하기 어려운 탓이다. 붉나무의 벌레집인 오배자 속도 허연 서캐가 낀 듯한 덩어리들만 보여 '이게 뭐야' 실망하다가 루페로 들여다보고서야 살아 곰지락거리는 생명들인 것을 발견하고 경악했다. "악, 진짜 면충들이 살아 있구나!" 이번에도 마찬가지였다. 까무잡잡 손끝에 딸려 나온 거품벌레를 루페로 자세히 들여다보고서야 그 실체가 제대로 보였다. 와, 정말 곤충이 저 거품 속에 살아 있구나.

거품벌레는 유충 때 보글보글 거품을 배설한 뒤 그 거품 속에 은신해 사는 아주 특이한 생태를 가졌다. 이 거품집은 천적과 강한 자외선으로부터 보호해 주는 꽤 실용적인 은신처다. 거품 속에 숨어서 숨은 어떻게 쉴까? 거품 밖으로 삐죽 나와 있는 게 콧구멍일까 싶어 이리 보고 저리 보았지만 아무리 봐도 분명 꽁무니다. 어떻게 된 걸까? 이 녀석들은 놀랍게도 꽁무니를 거품 밖으로 내보내 호흡한다는 사실이 2019년 〈실험생물학 저널〉에 실렸다는 한 기사를 읽을 수 있었다. 정말 놀랄 노자다.

4월 말에서 5월 초 무렵 갓 새순이 돋은 버드나무 위의 선명한 거품 자국은 어른들에게나 꼬마들에게나 좋은 숲 체험 거리가 되었다. 거품 속에 거품벌레가 살고 있다고 설명하며 한 녀석을 쏙 꺼내어 보여 주면 다들 루페에 눈을 대고 들여다보느라 무아지경이다. 그래서 나와 함께 숲체험을 한 아이들을 찍은 사진을 보면 간혹, 아니 자주 그림이 썩 훌륭하진 않다. 다들 뭔가에 푹 빠져 고개를 숙이고 있거나, 동그랗게 모여앉아 뭘 열심히 들여다보느라 정수리만 나오고 아이들이 뭘 보는지는 정작 몸에 가려 사진에 나오지 않기 때문이다. 그래도 난 그 '그림'들

ⓦ 꽁무니를 거품 밖으로 내민 버드나무의 거품벌레(2022. 5. 15)

ⓐ 거품벌레 유충. 몇 번의 탈피를 거쳐 날개 달린

성충이 된다. (2022. 5. 15)

을 사랑한다. 아이들이 내 주위에 옹기종기 모인 채 땅바닥에서 두더지 굴을 열심히 들여다보는 모습, 작은 생태 연못가에서 올챙이를 잡느라 집중한 모습, 나뭇가지에서 사마귀 알집을 찾아내거나 붓꽃의 씨앗 배열을 열심히 들여다보는 그런 모습들이 사랑스럽다.

조 심 조 심 ,
자 유 롭 게

수목 관리를 위해 지나치게 약을 치지만 않는다면, 10월엔 작은 잠자리채 하나씩을 들고 와 풀섶에 쓱 대기만 해도 메뚜기와 방아깨비, 여치, 베짱이, 콩중이, 팥중이 등 수많은 곤충을 만날 수 있다. 이 시기가 그야말로 아이들 숲체험의 절정기 아닐까 싶다. 아이들은 곤충 친구들을 따라잡느라 정신없이 몰입한다. 채집 전에 그곳에서 잘 잡히는 곤충 종류들을 어린이 곤충 도감에 실린 그림으로 먼저 설명해 주고, 그다음에는 반드시 곤충들이 스트레스를 받지 않도록 안 다치게 잘 잡는 방법을 설명한다. 곤충 채집망이 없는 경우, 손으로 박수를 짝 치며 "이렇게 잡으면 곤충들이 어떻게 될까요?" 하면 아이들이 큰일 난다는 듯 고개를 절레절레 한다. 이렇게 잡으면 곤충들이 다치거나 다리가 부러질 수 있으니 바닥에 곤충이 있으면 한손으로 살짝 동그랗게 덮어서 다른 손을 갖다 대고 바닥부터 살살 모아 잡아야 한다고 손 모양을 시범을 보이며 따라하게 한다. 마지막으로 "다치지 않게!"를 외치며 아이들은 곤충을 잡으러 간다.

채집망을 쓸 경우 곤충을 가운데 두고 잘 덮어서 곤충이 들어가면 그 아래로 살짝 채집망을 잡고 곤충들을 데려와 채집통에 모으라고 하는데, 서투른 아이들은 채집망에 들어가지도 않은 곤충을 입구나 곁다리에 올려놓은 채 데려오기도 해 웃음이 절로 난다. 멀뚱멀뚱 그 어수룩한 손에 실려 온 곤충들이라니. 전부 다 큰 곤충 채집통에 모은 다음, 어떤 종류인지 아까 공부했던 도감을 다시 보여 주며 설명하면 그렇게 열심히 들여다볼 수가 없다. 투명한 통에서 다 관찰한 다음 곤충들을 다시 놓아 주면 스트레스 없이 잡혀서 그런지 도망가지도 않는 녀석들이 벤치 위에 수북히 앉아 있다. 그야말로 곤충파티다. 아이들과 천진하게 단체 사진을 찍기도 하고, 정말로 재밌는 추억이 되곤 했다.

숲 체험 때 루페 같은 도구를 사용해야 하는 경우, 이동

아이들의

곤충 채집 모습

하며 숲을 헤집고 다녀야 하는 체험의 특성상 짐을 덜어야 하기 때문에 아이들 숫자에 맞게 준비하기 힘들다. 어린아이들은 서로 먼저 보겠다고 동시에 머리를 디밀며 달려들기 십상인데 이런 특성을 지도사가 먼저 파악하고 지도해야 한다. "천천히, 서두르지 않아도 다 볼 수 있어요. 서로 밀고 당기지 않아도 돼요. 내가 보고 나면 아직 못 본 친구가 없는지 그 친구도 관찰할 수 있도록 배려해 주세요. 배려해 주는 사람이 가장 멋진 사람이에요. 자연엔 네 것 내 것이 없어요"라고 느긋한 어투로 말해 주면 점점 조급함이 사라지고 아이들은 함께 관찰하는 법을 알아 간다.

안전 관리가 가장 중요하지만 아이들에게 '줄을 서라' '뛰지 마라' 과한 제재를 할 필요는 없다. 염려 대신 숲에서 맘껏 아이들의 천성을 살려 주며 함께 아이가 되어 주시길. 유아숲체험지도사들이 그러하듯 좋은 또래 친구가 되어 주면 함께 노느라 다른 데로 뛰어갈 생각을 않으니 그걸로 족하다.

숲체험이 마무리될 때쯤 가지고 놀던 열매나 나뭇가지, 잎들은 다 숲의 것이니 돌려주자고 한다. 숲의 좋은 땅에 놓아 주며 열매는 "큰 나무가 되어라", 잎들은 "좋은 거름이 되어라" 하며, 자연의 순리를 마음으로 받아들이게 한다. 맑고 순한 욕심 없는 얼굴로 아이들이 자연과 동화되어 놀 때 천국이 따로 없다는 생각이 든다.

　뽕나무의 오디를 따 먹고 돌아왔는데 앞가슴 자락에 산누에나방 애벌레가 붙어 있을 때, 숲을 처음 접하는 아이라면 기겁을 하겠지만 오래 숲을 다녀 본 아이들은 '와!' 하며 달려가 그 녀석을 신기하게 관찰한다. 애벌레를 붙인 아이는 마치 훈장을 자랑하듯 다른 아이들이 골고루 볼 수 있도록 배를 내밀어 준다. 꼬물거리는 그 친구를 다시 뽕나무에 올려 주는 것으로 숲체험을 마치고 간 아이들은 그 애벌레와 그 열매를 잊지 못해서 다음번에 숲에 오면 또 보러 가자고 한다. 그 자리에 그대로 있을 리 없지만, 만나러 가는 설렘만은 아이들의 것이다. 더불어 그 자리에 가면 분명 다른 것들을 보게 되는 기쁨도.

버들잎벌레와 아이들의 숲체험

아이들이 일제히 흥분해서 소리를 지른다. 버드나무 잎사
귀 뒤를 살살 뒤집어 보며 "얘들아 여기, 뭐가 매달려 있네?
누구지? 여기 봐" 하면서 자세히 보여 준 다음 "거기도 있
니? 한번 찾아볼래?"라고 얘기한 다음이다. 정말 열심히 찾
는 아이들. "여기 있어요, 여기도요!"

버들잎벌레가 애벌레로 꼬물거리다 번데기가 된 모습
인데, 그 녀석들은 번데기가 될 때 애벌레 모양 그대로 잎
뒤에 꼬리를 착 붙이고 거꾸로 매달려 있다. 살짝 건드려
보면 만지지 말라는 듯이 꿈틀거리기까지 한다. 한꺼번에
여러 녀석이 같이 조로록 매달린 모습을 보면 정말 웃기지
도 않는달까. 그 애벌레들은 아주 작다. 버드나무 앞을 그
냥 지나치면 절대로 만날 수 없을 만큼. 그것을 아이들은
술술 찾는다. 아이들이 자세히 들여다보지 않는다고 생각
하면 오산이다. 어른들보다 훨씬 더 관찰을 잘하고 탐색
능력 또한 뛰어나다.

숲체험은 이렇게 숲 탐색과 교감이 먼저다. 숲체험과
관련된 도구들은 숲 탐색을 돕거나, 마치고 그것을 한 번
더 각인하게 하는 보조 수단으로 사용하는 게 좋다. 어느

날 아이들 보라고 루페 뚜껑에 넣고 닫아 관찰하던 버들잎 벌레 고치를 깜빡하고 놓아 주지 않았더니 거의 흰빛인 연회색 등딱지에 검은 점박이 무늬 성충이 갓 태어난 모습을 볼 수 있었다. 뚜껑을 열자마자 잎벌레가 기어 다닐 때의 그 놀라움이라니. 버들잎벌레의 등딱지는 선명한 주황색인데, 워낙 색깔의 변이가 심한 곤충이라 갓 태어난 벌레의 등은 아직 연회색인 것도 재미있다. 살짝 길쭉한 무당벌레처럼 귀엽게 생겼기에 아이들의 인기를 독차지한다.

아이들의 자연 속 미술 활동. 라일락 꽃잎으로 그림 속 인물의
머리카락에 예쁜 핀을 꽂아 주고 있다. 창의력이 고양되는 시간이다.

위는 버들잎벌레가 잎 뒤에 엉덩이를 붙이고 번데기가 되어 매달려
있는 모습이고, 아래는 번데기에서 막 성충이 된 모습이다.
© 조연심

요즘은 가까운 숲에 유아숲지도사를 배치하고 단체 산림 교육 서비스를 무상으로 제공하는 곳도 많고, 정기적으로 소규모 유료 수업을 운영하는 곳도 많다. 그런 곳을 잘 골라 맘껏 자연을 탐색하며 자연 속 생명들의 존재에 눈을 뜨고, 또 다른 세상에 마음의 문을 여는 법을 자연스레 배울 수 있게 해 준다면 아이에게 큰 재산이 될 것이다. 가족끼리 숲으로 찾아가 숲해설가와 함께 신비한 자연의 언어를 듣고 숲의 한나절을 탐색하는 시간도 참 의미 있을 테고 말이다. 그 추억이 가슴 깊은 곳에 남아 그 아이의 정서가 되고 그 가족의 행복이 된다면 더 바랄 나위가 없겠다.

잎 자 루
가 시 의
비 밀

─────────   며 느 리 밑 씻 개 ,
며 느 리 배 꼽

7월 1일 숲 모니터링 길. 숲 여기저기서 산딸기가 붉게 익어 새콤달콤 입맛을 당기고, 개암열매들도 열심히 몸피를 불려 가며 제법 익어 가는 중이다. 올해는 줄딸기와 곰딸기가 지천인 곳에서 근무 중이라 산딸기를 원 없이 먹을 수 있어 행복하다. 개암도 종류별로 있으니 잘 익은 놈으로 한 알만이라도 오독오독 씹을 수 있길 기대한다. 매일 지나다니는 길이지만 열매가 익기도 전에 시큼하고 푸른 맛이 나는 고것들을 누군가 다 따 버리기 일쑤여서, 늘 익기를 기다리다 때를 놓치곤 하니 산열매 하나 먹기가 그렇게 귀할 수 없다.

산초나무는 이제 막 초록 꽃대를 길게 내밀어 노란 꽃밥이 귀여운 작은 꽃을 피우고 있다. 산수국은 작은 별 같은 꽃들이 모여 있는데, 꽃의 빛깔과 꼭 닮은 화사한 청보랏빛 수술 자루를 길게 내밀어 작은 꽃들을 하롱하롱 돋보이게 한다. 그 가느다란 수술자루들이 점점이 모여 빚어내는 화려하면서도 섬세한 색감이 황홀하다.

잡목 수풀 사이에선 선명한 가시를 오톨도톨 단 며느리배꼽이 어여쁜 접시 같은 잎에 소복히 담은 청색 열매를 열심히 익히는 중이다. 열매 색깔이 처음엔 초록이다가 페일핑크를 지나, 이제 그저 청색이라 부르기 아까울 정도로 어여쁜 빛깔로 변해 간다. 자연의 색채를 표현할 때마다 내게 색채를 아주 잘 표현할 능력이 있으면 얼마나 좋을까 안타깝다. 며느리배꼽의 잘 익은 열매 빛깔, 누리장나무 열매 빛깔 등 고유 명칭이 나온대도 손색이 없을 정도로 자연의 빛깔은 아름답기만 하다. 며느리밑씻개는 여린 분홍색 꽃 끝부분만 살짝 진해, 더 앙증맞다.

그런데 숲을 사랑하는 이들조차 그 이름 앞에서 마냥

웃을 수만은 없는 이름, 며느리밑씻개와 며느리배꼽은 어찌 이런 요상한 이름으로 불렀을까. 누군가는 해학이라고 웃어넘기는 이 이름을 부를 때마다 왠지 목에 걸리고 낯 뜨거워지는 불쾌한 마음을 어쩔 수 없다. 어쩌면 이런 가학적인 이름이 다 있을까.

식 물 도   개 명 을
할   수   있 나 요

어릴 적 할머니 댁은 호롱불을 켜고 사는 첩첩산중에 있었다. 그곳에선 아궁이를 때서 가마솥에 밥을 해 먹는 것은 물론 칫간(화장실의 사투리)도 툇마루가 있던 안채에서 멀리 떨어져 있었다. 그 정도로 옛날에다 시골이니 요즘 같은 화장지가 있을 리 만무하고 종이 달력이나 학교 다니는 언니 오빠들의 철 지난 교과서를 휴지 대용으로 썼다. 뺏뺏한 종이로 뒤를 닦으려면 그걸 찢어 통째로 구기듯 싹싹 비벼 부들부들하게 만들어야 했다. 하물며 종이도 그렇게 부들부들하게 만드는 과정을 거쳐야 뒤를 닦을 수 있는데 어느 시어머니는 가시 성성한 이 식물을 며느리밑씻개로 건네고 싶었으리라는 걸까.

(위) 며느리밑씻개 꽃과 잎자루의 가시(2021. 8. 29)

(아래) 며느리배꼽 열매와 오목한 잎을 통과한 가시(2021. 7. 1)

며느리배꼽은 가운데 줄기가 잎을 통과해서 자라기 때문에 잎이 배꼽처럼 오목한 모양이 된다고 해서 붙은 이름이다. 그러니까 며느리는 배꼽에 가시가 송송하다 여겨질 만큼 밉상으로 연상한 걸까. 고부간의 갈등이라는 말이 두 식물을 보면 시각적으로 확 다가온다. 그래도 그렇지, 이 어여쁜 식물의 이름으로는 지나치다. 큰개불알풀은 열매가 개의 생식기를 닮았다고 그런 이름이 붙여졌다는데, 맙소사, 부르기가 민망해서 정식 개명은 아니어도 지금은 대개 봄까치꽃으로 부른다. 사람도 이름이 자신과 어울리지 않는다고 생각하면 개명을 하는 세상인데 식물의 이름을 정식 개명하는 방법은 없는 건지 궁금하다. 이렇게 부르기 께름직한 이름은 개명해서 불렀으면 하는 소망이 있다.

가 시 가
해 주 는 말

며느리밑씻개와 며느리배꼽이 이렇게 기막힌 이름을 얻게 된 건 그 줄기와 잎자루의 가시가 매우 날카롭고 성성하기 때문이다. 삐죽삐죽 날카롭게 솟아나 있는 이 가시

봄까치꽃이라 불리는 큰개불알풀과

그 사이에서 자란 분홍 광대나물 꽃

(2021. 3. 25)

를 손으로 쓸어 올려 보면 그 따가움이 말도 못한다. 그러나 식물의 위쪽에서부터 가시를 쓸어내려 보면 말캉말캉하니 세상 부드러워 가시의 까칠함이 전혀 느껴지지 않는다. 얼핏 무질서하게 보이지만, 사실 줄기와 잎자루의 가시들은 밑을 향한 갈고리 모양으로 아래서부터 올라오는 해충들이 잘 올라오지 못하도록 설계돼 있다. 그래서 아래쪽으로는 날카롭게 가시를 도사리지만, 일단 올라온 것들은 쉽게 빨리 내려가라고 미끄럼틀을 타도 될 만큼 부드럽게 설계해 놓은 것이다. 아래로 향한 이 가시는 덩굴식물인 두 식물들이 다른 곳에 척 걸쳐져서 잘 번져 가도록 돕기도 한다.

한번씩 며느리배꼽이나 며느리밑씻개를 만나면 이 재밌는 촉감을 느끼려고 가시를 쓸어 보곤 하는데 그때마다 위아래가 생경하게 다른 질감에 "해충아, 빨리 내려가라 내려가라" 하는 식물의 말이 들리는 듯해 혼자 웃음이 난다. 어디서나 잘 자라는 환삼덩굴도 마찬가지다. 한 잎씩 따서 옷에 턱 하고 붙이면 꼭 훈장처럼 척 달라붙는 환삼덩굴 가시도 그렇게 고안돼 있다. 다음에 숲에 간다면 꼭 한번 그 까칠한 가시들을 위아래로 쓸어 보시길. 가시가 담고 있는 언어가 몸으로 느껴지며 그 식물들과 교감할 수 있을 것이다.

겉으로 가시 송송 까칠하게만 보이는 사람도 이와 다를까. 어느 부분은 한없이 매끄럽고 여린 구석이 있을 수 있는 것 아닌가. 밤송이가 삐죽삐죽 성성한 가시로 자신을 보호하다가도 다 성숙하여 벌어져 내놓는 밤은 얼마나 맨질맨질한 촉감을 갖고 있는지. 겉만 보고 다 알 수는 없는 법이다. 같은 사람이라도 어떤 상황에서 보았느냐, 어떤 관계에서 만났느냐에 따라 수없이 다른 모습으로 보일 수 있으니 웬만한 통찰력을 갖지 않고서야 누군가를 제대로 알기란 참 어려운 일이다. 그러니 사람들과의 관계가 복잡하게 얽히는 것도 자잘한 오해가 생기는 것도 어쩌면 당연한 일이리라.

그래도 한 가지는 확실하다. 가시가 많을수록 자신을 보호하고자 하는 이유가 많은 존재란 것. 그 가시에 서로가 상처를 주고받지 않으려면 가시가 성성한 쪽 말고 식물들의 가시 방향처럼 또 다른 측면을 바라볼 수도 있어야 한다. 겉으로 보이는 까칠함 대신 그 유연함을 누군가 발견해 줄 때 한없이 여린 속내를 드러낼 수도 있을 것이다. 공격받지 않을 수 있다면 우린 누구나 말랑말랑한 속내를 드러내 놓고 살 텐데. 그러니 굳이 말하지 않아도 내

여린 속내를 먼저 알아주고 그걸 약점 삼지 않는 가장 가까이 있는 가족과 오랜 우정을 나눈 사람들과의 교류는 참으로 귀하다. 너무 가까이 있어 당연한 듯한 그 고마움과 사랑을 귀하게 인식하고 대할 때 우리 내면은 한층 더 따스하고 부드럽게 채워질 수 있을 것이다.

자세히 보면 며느리밑씻개 꽃도 며느리배꼽 열매도 환삼덩굴 잎도 예쁘지 않은 것이 없다. 가시에 선입견을 갖는 대신 아름다운 꽃과 열매를 보면 좋겠다. 같은 걸 두고도 누구는 좋은 것을 보고 누구는 안 좋은 걸 본다. 누가 더 행복한 삶을 살지는 자명한 일 아닐까.

환삼덩굴 잎자루와
줄기의 가시(2022. 8. 4)

며느리밑씻개, 며느리배꼽

콩과 식물들의 질소 고정 능력

숲에서 특별히 예쁘고 귀한 것이란 없다. 자세히 보면 다 나름의 이유로 어여쁘고 사랑스럽다. 하얀 꽃 여러 송이가 머리 모양으로 모여 피고, 곁에 짙푸른 초록 잎들을 단 토끼풀도 갓 피어날 때의 향기와 아름다움이 여느 꽃 못지않다. 토끼풀은 유럽에서 들어온 귀화식물로 우리나라에선 주로 흰토끼풀이 널리 퍼져 있지만, 붉은토끼풀도 자생지를 넓혀 가고 있어 종종 만날 수 있다. 진홍토끼풀은 주로 전라남도와 제주도에 분포한다고 하며, 애기노랑토끼풀도 처음 한강변에서 발견되어 퍼져 가고 있다고 하는데 아직 만난 적은 없다. 붉은토끼풀과 진홍토끼풀은 줄기가 30센티미터를 웃돌 정도로 높이 자라기에 무리 지어 피어 있으면 선명한 색감으로 화려함을 자랑한다. 몇 년 전 붉은토끼풀이 군락을 이룬 체험원에 근무한 적이 있는데, 6~7월의 위용은 토끼풀 종류인지 몰라볼 정도로 대단하고 강렬했다.

토끼풀은 콩과 식물이다. 세콩·땅콩 등 콩 종류와 싸리나무 종류, 칡·아까시·자귀나무 등 콩과 식물들은 공기 중에 있는 질소를 뿌리에 고정해 식물들에게 필요한 영양소를 공급해 주는 유용한 능력을 갖고 있다. 콩과 식물이 그

붉은토끼풀 꽃과 길쭉한 잎

렇게 할 수 있는 것은 질소를 고정하는 '라이조비움'이라는 박테리아를 뿌리에 지닌 덕분이다. 이 박테리아는 혼자 흙 속에 있는 경우 질소를 고정할 수 없지만 적합한 콩과 식물 의 뿌리에 들어가게 되면 뿌리에 혹을 만들어 그 세포 안에 서 얼마 동안 번식한 뒤 질소 고정을 시작한다. 콩과 식물 들은 이렇게 뿌리에 공생하는 뿌리혹박테리아에게 양식 (탄수화물)을 공급하고 필수 영양소인 질소를 공급 받는데, 토끼풀 등 콩과 식물이 흡수하고 남은 질소는 토양에 남아 다른 식물도 함께 이용하게 된다.

그런 의미에서 보면 아무데나 번져 가는 칡덩굴도 땅 을 비옥하게 만들어 다른 식물들이 자랄 수 있도록 해 주 는 척박한 땅의 개척자라 볼 수 있다. 칡은 다른 나무를 감 아 올라 고사시키는 나쁜 식물이라고만 인식하기 쉬우나, 수세가 약한 식물들에게 뻗어 가 솎아 내는 간벌자 역할을 하며, 숲의 밀도를 조절해 바람과 비와 햇살이 들게 만들 기도 한다. 정말 숲에서 필요 없는 것은 하나도 없다.

여기서 드는 의문이 하나 있다. 식물이 자라는 데 꼭 필요한 질소를 고정하는 식물이 콩과 식물뿐일까? 그럼 다 른 식물들은 콩과 식물이 없으면 생장에 지장을 받게 되는 걸까? 그렇다고 하기에는 콩과 식물이 없는 곳에서도 식물 들은 무럭무럭 푸른 잎을 내며 잘 자라고 있지 않은가.

아니나 다를까. 질소 고정에 대한 궁금증은 이미 오래 전부터 여러 학자들의 연구 대상이었다. 2015년 동아사이언스에 실린 강석기 과학칼럼니스트의 글에 따르면, 질소 고정이 식물계에 광범위하게 퍼져 있는 현상일 가능성이 크고, 콩과 식물 외의 식물에서도 질소 고정이 일어난다는 연구 결과가 속속 나오고 있다고 한다. 따라서 주변에 콩과 식물이 없는 경우에도 식물들이 치명적인 영향을 받지는 않을 것 같다.

콩과 식물 외에도 질소 고정이 어떤 식물에서 어떤 방식으로 이뤄지고 있는지, 과학자들이 이 의문을 시원하게 풀어줄 날을 기대해 본다.

꽃의 언어

살 구 꽃 에
왔 던
곤 충 이
벚 꽃 에 게
가   버 리 면
어 쩌 죠 ?

―――――

수 분 의
비 밀

봄이 늦게 오는 가평 지역에도 2월 20일 드디어 봄의 전령, 황금빛 태양을 닮은 노오란 복수초가 피어났다. 군데군데 초록 장미 같은 로제트 잎들과 알록달록 눈을 못 떼게 하는 어여쁜 봄꽃들이 색채를 더해 가는 봄의 축제가 이제 시작된다. 보랏빛 노루귀 꽃이 털을 복슬복슬 달고 어여쁜 꽃대를 쏘옥 내민다. 진보랏빛 꽃잎 속에 하얀 꽃술이 가득한 청노루귀 꽃은 그 작은 키로도 숲을 환히 밝

히기에 충분하다. 3월 12일, 생강꽃과 히어리 노란 빛이 숲에 봄의 기운을 퍼트리고 올괴불나무 꽃이 빨간 구두를 신은 아가씨의 발 같은 화려한 수술을 뽐내며 함께 피어 있다. 처녀치마도 보랏빛 꽃 아래 넉넉한 잎을 치마처럼 잘 두르고 단아하게 서 있고, 곳곳에 보랏빛과 하늘색이 뒤섞인 현호색, 산수유의 노란빛이 봄 햇살 아래 눈부시고, 드디어 그리 보고 싶던 깽깽이풀이 땅 속에서 꽃다발을 불쑥 내민 것처럼 보랏빛 무더기로 숲 바닥을 뒤덮는다. 곧이어 얼레지가 화려한 검은 반점이 가득한 잎을 날개처럼 넓게 펼치며 진한 핑크빛 꽃송이를 숙이고 우아하게 피어난다. 곳곳에 언제 봐도 예쁜 보랏빛 제비꽃과 노란 양지꽃, 피나물, 족두리풀과 꽃다지, 꽃마리, 봄까치꽃 등 로제트 식물들의 꽃이 점점이 흐드러져 3월의 봄은 알록달록 수채화 같다.

곤 충 이
실 수 하 면   어 쩌 지 ?

초보 숲해설가였던 어느 봄, 온통 환한 봄꽃들의 축제 속에서 부산하게 꿀을 먹으러 다니는 곤충들을 보다가 문득 의문이 생겼다. 저렇게 꽃들이 다양한데 곤충은 어떻게 같은 종류의 꽃들을 찾아가 수분을 도와줄 수 있는 걸까? 살구꽃과 벚꽃은 사람이 구분하는 것도 헷갈리는데 곤충이 살구꽃 가루를 묻히고 벚꽃에게 가 버리면 어쩌지? 양성화(암술과 수술이 한 꽃에 같이 피는 꽃) 수술의 꽃가루를 곤충이 실수로 자기 꽃의 암술머리에 묻혀 버리면 어쩌지? 그건 꽃들이 원하는 바가 아닐 텐데 꽃들은 자가수분을 대체 어떻게 피하는 걸까?

일단 곤충들이 같은 꽃을 잘 찾아 갈 수 있는 이유는 꽃이 피는 시기가 다 다르기 때문이다. 꽃들은 곤충들이 제 수술가루를 멀리 있는 같은 꽃 암술머리에 수분해 주기를 원하기에 다른 식물과 꽃피우는 시기를 달리한다. 곤충들도 그 변화에 적응하여 활동 시기를 조절해 서로 경쟁을 피한다. 한꺼번에 활동하면 먹이가 부족하다는 걸 알기 때문이다. 어찌 보면 식물이 곤충의 개체수를 조절하는 것이기도 하다. 꽃마다 꿀이 있는 위치도 다르기에 곤충들은 자기가 좋아하는 꽃의 꿀을 잘 먹기 위해 꽃의 생김새에 맞는 몸과 입의 구조로 진화해 가고 꽃들은 그들이 좋아하는 빛깔과 향기로 공진화한다. 꽃들의 향기는 달콤하지만은 않다. 천남성이나 앉은부채 같은 꽃

봄숲의 꽃들(왼쪽 상단부터)

○ 청노루귀(2020. 3. 2)

○ 분홍노루귀(2020. 3. 9)

○ 얼레지(2020. 3. 25)

○ 처녀치마(2020. 3. 30)

○ 빨간 구두를 신은 것 같은

올괴불나무꽃(2021. 3. 15)

벚꽃이 흐드러진 풍경

(2022. 4. 9)

(왼쪽) 살구꽃은 벚꽃과 다르게 꽃받침이

뒤로 젖혀져 있다. (2022. 4. 10)

(오른쪽) 예쁜 미나리냉이 꽃에 찾아온 곤충(2020. 5. 14)

들은 구린내나 비린내를 풍겨 파리나 딱정벌레 등 자신에게 필요한 곤충을 부른다. 이렇게 곤충들도 꿀을 먹기 위해 주로 찾는 식물이 각기 다르기에 한 식물에 몰리지 않고 자기 짝꿍 꽃에게 날아가 수분을 도울 수 있는 것이다.

꽃은 기본적으로 자가수분을 피하는 다양한 방법을 갖고 있다. 우선 암술과 수술의 길이와 방향을 달리하는 기본적인 방법이 있는데 큰 여름 꽃들을 보면 암술과 수술이 완전히 반대 방향으로 길이를 달리하고 있는 모습이 선명히 보인다. 두 번째로 암술과 수술의 성숙 시기를 달리하는 방법이 있다. 아예 수꽃이 먼저 피고 그다음에 암꽃이 피는 식으로 자가수분을 피하는 방법이다. 세 번째로 암꽃과 수꽃을 다른 나무에서 피우는 단성화 방법도 있다.

그런데 암술과 수술이 함께 있는 양성화인 경우 암술·수술의 방향이나 길이가 다른 정도로 정말 자가수분을 피할 수 있는 걸까? 초보 숲해설가 시절, 대개 공부는 그 호기심으로부터 시작된다. 궁금한 게 생기면 마음에 살살 생기가 돈다. 마음이 살짝 부산해지면서 책을 뒤적이거나 숲으로 나가거나, 호기심을 풀기 위해 무언가를 하게 된다. 그리고 호기심이 생긴 대상을 유심히 바라보며 관

수 분 의 비 밀

찰하는 눈이 깊어 갈수록 숲의 언어들을 점점 더 잘 알아들을 수 있게 되었다.

자 기 꽃 불 임 성

이 세상의 모든 꽃은 바람에 의해 수분하는 풍매화, 물의 흐름이나 표면장력을 이용해 수분하는 수매화(이 경우엔 물에 젖지 않는 꽃가루를 만들거나 젖더라도 꽃가루받이가 가능하도록 만든다. 붕어마름, 검정말, 줄말, 새우말 등의 식물이 해당한다), 빨간 꽃을 좋아하는 새에 의해 수분하는 조매화, 곤충에 의해 수분하는 충매화 등으로 크게 구분할 수 있다.

이 가운데 내가 궁금했던 것은 충매화들이 수분하는 과정에서 곤충들이 꽃의 암술에 자기 꽃가루를 묻히면 어쩌나 하는 것이었다. 결론부터 말하자면 '자기꽃불임성'이 있어 자가수분을 피할 수 있다. 속씨식물(씨앗이 열매의 속에 있는 식물로, 대부분 꽃을 피운다)의 50퍼센트 정도가 이 자기꽃불임성을 갖는다고 한다. 즉 자기 꽃의 꽃가루로 꽃가루받이가 되면 꽃가루관을 씨방으로 내리지 못하도록 생장을 억제한다. 또 자기 꽃의 꽃가루가 암술에 떨어지면 아예 꽃가루관이 싹트지 못하도록 억제하는 방법도 쓰고, 마지막으로 설사 수정이 되더라도 어린 식물의 배가 제대로 자라지 못해 씨앗 형성은 안 된다고 한다. 정말 놀랍지 않은가. 곤충들이 같은 꽃을 잘 찾아가는 것도, 혹 실수로 자기 꽃가루를 묻히더라도 자가수분을 막는 저 치밀한 시스템을 꽃들이 유전적으로 가지고 있다는 사실도.

자기꽃불임성은 꽃들이 자가수분을 할 경우 유전적 다양성을 확보하지 못해 건강한 유전자로 진화할 수 없고 열성유전자가 태어나기에 이에 대비하려 진화해 온 결과다. 유전적 다양성이 없는 한 종류의 식물군이라면, 새로운 해충이나 환경 변화에 효과적으로 대응하지 못하는 경우 떼죽음을 면하기 어렵다. 유전적 다양성이 있어야 여태 겪어 보지 못한 공격에 대응할 여러 가지 가능성을 실험할 수 있고, 마침내 효과적인 방법을 찾아 진화를 거듭해 가며 종족을 보존할 수 있다.

내 걱정은 쓸데없는 기우였다. 꽃들은 나보다 더 잘 산다. 봄, 볼 것이 많아 봄이다. 알록달록한 꽃의 축제를 아무 걱정 없이 즐기기만 하면 될 일이다.

짝꿍 곤충과 기발한 수분 방법

과남풀과 붓꽃의 수분

청남빛 꽃이 아름다운 과남풀, 이 꽃은 남색이 너무 과해 그만 과남풀이 되었다고 한다. 하하! 이 무슨 재치 있는 풀이란 말인가. 기록을 찾자면 〈향약채취월령〉에서는 관음초, 〈동의보감〉에서는 관음풀이라 부른 자료가 남아 있다는데, '관음풀'의 발음이 변형되면서 오늘날 과남풀이 된 것이라는 추측도 있다. 숲해설가는 가끔 이렇게 '카더라 통신'에 의거해, 혹은 자신만의 독창적 언어로 숲

의 언어를 풀이하기도 한다. 믿거나 말거나! 그래서 숲
해설가가 숲의 언어를 통역하는 예술가 아니던가. 숲의
생태적 언어를 엉터리로 도단하지만 않는다면 이런 허
풍쯤은 멋이다.

꽃 잎 을 다 물 면
어 떻 게 수 분 을 해 ?

과남풀은 허리쯤 오는 중키에 꽃도 크고 활짝 핀 모양새
가 오목하게 깊은 접시를 벌린 것 같은 매우 아름다운 꽃
이다. 하지만 이 꽃은 햇살이 좋을 때 한량없이 아름다운
모습을 보여 주다가도 조금만 날씨가 맘에 들지 않으면
그만 입을 꽉 다물어 버려 활짝 핀 모습을 관찰하기가 너
무나 어렵다. 꽃들이 입을 다무는 이유는 날이 흐리거나
비가 오는 날 애써 만든 수술의 꽃가루가 피해를 입지 않
도록 단속하는 것인데, 과남풀은 슬쩍 입을 다무는 게 아
니라 꽃잎 끝을 돌돌 말아 비틀어 놓을 정도로 단단히 단
속해 놓는다. 그렇게 돌돌 말린 과남풀 꽃잎을 보면서 대
체 언제 얼굴 한번 시원하게 보여 주려나 나도 애가 타는
데, 대체 수분은 언제 어떻게 하는 걸까? 언제 벌어지고

돌돌 꽃잎을 말아 입을 꽉 다문 과남풀 꽃들

(2022. 9. 10)

닫히는지 어떻게 알고 때맞춰 어떤 곤충이 수분을 하러 올까? 걱정 반 궁금증 반, 과남풀의 수분 장면을 보고 싶어 매일 모니터링 길마다 그 앞을 서성거렸다.

아침에 비가 살짝 오다가 그친 어느 오후, 놀랍게도 아직 배배 꼬인 과남풀 꽃에 수분을 하겠다고 소리도 요란하게 붕붕거리며 찾아 온 곤충이 있었으니 통통하고 동글동글하게 생긴 궁뎅이에 노란 털옷을 입은 호박벌이다.

그리고 곧 기막힌 장면이 펼쳐진다. 호박벌이 익숙한 듯 그 배배 꼬인 꽃잎 끝에 척 다리를 걸치고 앉더니 머리를 꽃잎 속으로 요리조리 도리질하듯 들이미는 것이다. 맙소사, 능숙하게 과남풀 꽃잎을 열어젖히는 모습이 한두 번 해 본 솜씨가 아니다. 예술이 따로 없다. 그리 어렵지 않게 열린 꽃 속으로 노란 궁둥이만 보인 채 쏘옥 다이빙하듯 들어가는 호박벌을 보며 "어머머 정말 기가 막힌다" 소리가 절로 났다.

입을 떡 벌리고 감탄하는 사이 꽃 속의 꿀을 맛있게 먹은 녀석이 수술가루를 잔뜩 묻히고 나와선 또 쉴 틈 없이 옆의 다른 꽃으로 날아간다. 머리를 요리조리 돌리며, 과남풀이 아무리 입을 꽉 다물고 있어도 전혀 상관없이 꽃속의 꿀을 먹고 수분을 능히 해낼 수 있음을 보여 준다.

ⓘ 꽃잎을 연 과남풀 꽃. 안과 밖의 색감 대비가
아름답다. (2020. 9. 14)

ⓐ 과남풀 꽃잎을 열고 들어가는 호박벌 (2020. 9. 16)

세상에! 곤충들이 주로 찾는 짝꿍 꽃이 괜히 있는 게 아니구나 싶었다. 과남풀과 호박벌의 오묘한 생태는 그해 가장 기억에 남는 나의 명장면이 되었다.

또 다른 어느 화창한 날 드디어 과남풀이 그렇게 잘 안 보여 주던 속을 활짝 열어 보여 주었다. 여러 송이가 모여 활짝 핀 과한 남색 꽃송이가 참 예뻤다. 꽃잎 안쪽은 바깥쪽 꽃잎 색과 완전히 대비되는 하얀 바탕 위로 검은 점무늬가 점점이 세로로 길게 줄지어 나 있다. 하얀 암술과 수술을 까만 선이 점점이 섬세하게 에워싸 돋보이게 한다. 참 볼 게 많은 예쁜 꽃이다.

붓 꽃 암 술 · 수 술 의
엉 뚱 한 위 치

꽃의 수분은 이렇게 곤충과의 관계 속에서 저마다 다른 방식으로 이뤄진다. 숲에 있으면 그 방식을 세세하게 보는 재미가 쏠쏠하다.

붓꽃의 수분 광경 또한 잊을 수 없는 장면이다. 붓꽃은 위를 향한 3장의 꽃잎, 즉 내화피와 아래쪽으로 처진 3장의 외화피를 갖고 있다. 이 외화피 위쪽에는 작은 덮

개처럼 생긴 조각이 달려 있는데 이게 암술대다. 그 암술대를 뒤집어 보면 특이한 형태의 암술이 하얗게 삐죽 붙어 있고, 그 아래서 까만 수술이 쏘옥 고개를 내밀고 있다. 암술대를 뒤집어 보지 않는 이상 암술과 수술의 존재를 파악하기가 어렵다. 내가 숲에서 본 식물 중 암술과 수술의 위치와 생김새가 가장 특이한 종류가 아닌가 싶다. 그 흔한 붓꽃이 이런 엉뚱한 구석이 있을 줄이야.

얼핏 보기엔 외화피와 암술대 사이 공간이 그리 넓어 보이지도 않고 암술·수술이 겉으로 보이지도 않는데, 저 공간을 어떻게 알고 곤충들이 드나드는 걸까? 실제로 곤충이 붓꽃에서 수분하는 광경을 내 눈으로 확인하기 전까진 도무지 그 모습이 상상되지 않았다.

그러던 어느 날 붓꽃 앞을 지나다 놀라운 수분 현장을 목격했다. 등가슴에 노오란 털을 잔뜩 매단 귀엽고 통통한 어리호박벌이 붕붕거리며 날아 왔다. '어머, 저 좁은 틈으로 저리 덩치 큰 어리호박벌이 들어간다고?' 좀 작은 녀석이 올 걸 예상했건만 웬걸. 예상외의 손님 등장에 호기심이 충만하여 들여다보는데, 어리호박벌은 덩치에 전혀 어울리지 않는 날렵함으로 보란 듯이 그 좁은 틈새로 휙, 단 한순간의 머뭇거림이나 걸림도 없이 쑤욱 들어간

붓꽃의 구조와
허니 가이드
(위) 붓꽃의 가운데 위로
서 있는 내화피 3장,
아래로 젖혀진 외화피 3장,
허니 가이드 위를 덮은
조각 암술대가 보인다.
(2022. 5. 23)
(가운데) (아래) 암술대를
젖히면 아래 하얗게
삐죽 붙어 있는 게 암술,
그 아래 쏘옥 고개를 내민
까만 것이 수술이다.
(2020. 5. 16)

다. 세상에! 저렇게 쉽게 들어가다니! 어울리지 않는 재빠른 몸놀림에 헛웃음이 날 정도다. 허니 가이드가 정확하게 꿀 위치를 알려 주고 있긴 하지만, 그 정확한 움직임은 마치 '엣헴, 눈 감고도 찾는다' 수준이었다. 꿀을 먹은 어리호박벌은 들어간 자세 그대로 엉덩이를 내보이며 휙 뒤로 날아 다시 나오더니 다른 꽃잎 속으로 한 숨도 쉬지 않고 직진한다. 마치 뚜껑 있는 차고에 단 한 번의 핸들링으로 깔끔하게 주차하듯 그 움직임에는 군더더기 하나 없었다. 한 치 오차도 없는 움직임이 너무 신통방통하여 암술대 속으로 쏙 들어가 엉덩이만 보이는, 녀석의 모습을 동영상으로 담느라 여념이 없었다.

이 귀여운 궁뎅이를 어째. 숲에서 이런 장면을 목격하는 건 여느 영화보다 재밌고 신난다. 이런 경험은 점점 예전과 다른 세상을 볼 수 있는 눈을 열어 준다. 한 번도 본 적 없는 신비한 숲의 언어들은 무덤덤하던 일상 풍경을 아이 같은 호기심으로 바라보게 하고, 경탄하고 기뻐하는 사람으로 날 순식간에 변화시켜 준다. 어리호박벌 녀석, 오늘은 아주 맛있는 꿀을 먹고 단꿈을 꾸겠다. 그 맛있는 장면을 내게도 보여 주어 퍽 행복한 하루였다.

짝 꿍 을
초 대 하 는
화 려 한
꿀
지 도

———————   허 니 가 이 드

숲은 언제 휑했냐는 듯 봄의 생명력이 이름 그대로 스프
링처럼 튀어오를 듯 낮은 곳에서부터 올라온다. 알록달
록 팡팡 축포를 터트리는 듯한 선명한 봄꽃들의 색채는
봄의 환희를 맛보게 하기에 충분하다. 이 시기엔 도무지
숲을 똑바로 걸을 수가 없다. 잘 가다가도 자그맣게 올라
온 어여쁜 색채의 작은 꽃들에 홀려 옆으로 새고, 밑으로
기어 다니기를 마다 않게 된다. 꽃도 꽃이지만 새순들의

싱그러움은 언제나 푸릇푸릇 마음에도 생기를 돋게 한다. 이렇게 봄꽃들이 앞다투어 피어나 향기를 풍기면 곤충들도 어김없이 꿀을 먹기 위해 제가 가장 좋아하는 식물들을 찾아가느라 분주하다. 꽃들의 화려한 빛깔과 곤충들의 부산한 날갯짓에 겨우내 고요했던 숲이 북적북적 깨어나면 산책길도 볼 것이 많아지고 나도 덩달아 신이 난다.

꽃들은 아름다움을 한껏 자랑하며 꿀을 만들어 수분을 도와줄 곤충들을 초대한다. 이때 곤충들과 꽃들은 대개 짝꿍이 있다. 식물들은 꽃의 빛깔과 향기, 꿀 냄새 등을 통해 곤충을 불러들이는데, 짝꿍 곤충들을 초대하기 위해 꽃잎에 특별한 지도를 마련해 놓는다. 바로 꿀이 있는 곳을 안내하는 꿀 지도, 허니 가이드다. 꽃들은 선이나 점 모양의 무늬를 꽃잎에 수놓아 곤충들이 잘 찾아올 수 있도록 배려하는데, 꽃마다 허니 가이드 모양이나 빛깔이 다르다. 그것을 들여다보며 꽃 속의 암술·수술의 모양과 빛깔, 어떤 곤충이 어떤 꽃을 찾아오는지 등을 살피다 보면 어느새 봄 숲의 한나절이 훌쩍 가 버리곤 한다.

봄꽃들에 이어 크고 화려한 여름 꽃들이 다투어 피어나면 허니 가이드를 관찰하기가 더 쉬워진다. 주홍색 범

아주 이른 봄에 꽃을 피우는 회양목

(2020. 3. 18)

부채꽃은 꼭 범 무늬 같은 화려한 붉은 점무늬를 갖고 있어 이름에 범자가 붙었고, 뻐꾹나리꽃은 보랏빛 얼룩무늬가 뻐꾹새의 목 부위에 있는 무늬와 닮았다 하여 뻐꾹나리라는 이름이 붙었다.

곤충들은 우리가 보는 가시광선으로만 꽃의 색깔을 보는 게 아니라 자외선으로도 꽃의 색을 본다. 허니 가이드는 자외선을 반사하여 형광색처럼 반짝반짝 빛나기에, 벌들은 흐린 날에도 단박에 한 치의 오차도 없이 찾아가 꿀을 먹을 수 있다. 깜깜한 활주로에 밝혀진 유도등과 같은 이치다. 여행에서 돌아와 비행기에서 내릴 즈음 하늘에서 유도등을 보면, '아, 이제 내가 사는 땅으로 돌아 왔구나' 하는 안도감과 함께 불빛들이 '어서와, 잘 왔어' 하고 나를 반기는 듯한 느낌이 들곤 한다. 곤충도 마찬가지다. 꿀을 찾아 비행하는 곤충들에게 이 허니 가이드는 활주로의 유도등처럼 어서 오라 손짓하기에, 그 꿀 지도를 따라 들어가 영양분이 충분한 꿀을 입으로 모으고 꽃가루로 경단을 만들어 뒷다리 화분 주머니에 매단다. 곤충이 꿀을 먹는 사이 꽃가루를 묻히겠다는 꽃의 전략은 성공이다. 꽃술들은 하나같이 허니 가이드 쪽으로 몸을 기울여 곤충들에게 수술가루를 묻히고 다른 곳에 핀 같은 종류의 꽃에서 묻혀 온 수술가루를 암술머리에 붙이려고 애쓴다. 이런 과정을 수분이라 한다.

얼마 전에 무척 재미있는 신문 기사를 보았다. 매자나무에 꿀을 빨러 온 벌이 꿀샘을 건드리면, 꽃이 수술을 움직여 벌을 때려 쫓아낸다는 것이다. 1755년 린네의 연구로 처음 발견된 이 현상은 곤충이 짧게 체류하도록 해 회전율을 높이는 전략이라고 한다. 꿀 먹으러 갔다가 한 대 맞고 꿀도 실컷 못 먹고 꽃가루만 묻혀 나오는 곤충이라니, 하하, 누가 상상이나 하겠는가.

곤충에 의해 수분하는 충매화들은 대개 이렇게 아름다운 허니 가이드 무늬로 곤충을 불러들여 꿀을 주는 대신 꽃가루받이 도움을 받아 수분을 한다. 수분이 끝난 꽃들은 암술대로 꽃가루관을 내린다. 꽃가루가 씨방의 밑씨와 만나 수정이 이루어진다. 이제 씨방이 잘 자라 열매가 되고 밑씨가 식물의 모든 정보를 다 담은 씨앗으로 여무는 과정만 남았다. 그 시간 동안 잎들은 누구의 눈에도 띄지 않게 열매들을 잘 숨기고 열심히 광합성을 해서 열매를 키운다. 꽃이 지고 아무것도 없던 자리에서 씨방이나 꽃턱·꽃받침이 자라나 하루가 다르게 몸피를 키워 가며 제 빛깔의 열매로 여물어 가는 모습은 언제 봐도 경이롭다.

철 쭉 의
허 니 가 이 드

봄꽃 중 허니 가이드를 관찰하기 제일 좋은 꽃으로 오래
피고 개체수가 많은 산철쭉 꽃을 들 수 있겠다. 산철쭉과
철쭉을 잘 구분하지 못하고 그냥 부르는 경우가 많은데
산에 피고 중키에다 꽃이 크고 꽃잎이 옅은 분홍색인 것
이 철쭉이고, 공원이나 수목원에 원예용으로 많이 심는
색깔이 선명하고 꽃이 작은 것이 산철쭉이다. 자라는 곳
과 이름이 다른 것이 재미있다.

 산철쭉의 허니 가이드는 꽤 화려해서 아주 잘 관찰할
수 있는데 그게 곤충의 꿀 지도라고 생각하고 들여다보면
문득 꿀이 어딨는지 궁금해질 것이다. 꿀은 보통 씨방과
수술대 아래쪽 사이나 씨방 아래에 있어 잘 보이지 않는
데, 이른 봄 노란 회양목 꽃이 필 때 꽃 속을 보면 종종 꿀
이 맺혀 있는 걸 볼 수 있다. 꿀을 발견한 기쁨에 살짝 혀
를 대고 맛을 보니, 과연 우리에게 익숙한 화분 섞인 꿀맛
이다. 아주 이른 봄에 곤충들이 날아다니는걸 보며 아직
꽃도 안 폈는데 어디서 꿀을 얻나 했더니 눈에 잘 띄지도
않는 회양목이 일찌감치 노란 꽃을 피워 꿀이 귀한 시기

(위) 철쭉의 허니 가이드

(2022. 4. 23)

(아래) 산철쭉의 허니 가이드

(2022. 5. 6)

에 아주 좋은 밀원 식물이 되어 주고 있었다.

꽃술이 노오란 애기똥풀에서 꿀을 먹은 꿀벌 다리의 노란 경단, 참조팝꽃 꿀을 먹은 녀석의 핑크색 경단…… 벌들의 뒷다리 마디에 귀엽게 달려 있는 경단을 보면 어느 꽃에서 꿀을 먹고 왔는지 대충 짐작이 간다.

꽃들은 수분이 다 이뤄지고 나면 암술을 소중히 다룬다. 기껏 곤충들이 꽃가루받이를 다 해 주고 갔는데 암술에서 꽃가루관을 내리지 못하면 올해의 결실을 거둘 수 없기 때문이다. 그래서 수분을 마친 후 산철쭉 꽃잎을 살짝 잡아당겨 보면 용케도 암술은 빠지지 않고 그 자리에서 버틴다. 꽃잎이 수술과 함께 쑥 빠져도 암술은 제자리에 단단히 붙어 할 일을 잊지 않으니 떨어진 꽃잎에는 가운데 암술이 있던 자리가 동그마니 비어 버린다. 거기에 아직 피어 있는 작은 로제트 식물들, 꽃마리나 냉이, 광대나물 등의 꽃을 꽂아 주면 자체로 아주 멋진 작은 화환이 된다. 산철쭉꽃이 막 지려 할 때 어린 아이들과 열심히 만들면 그 작은 손에 들린 들꽃 화환이 얼마나 앙증맞은지 한 폭의 그림이 된다.

내가 제일 좋아하는 허니 가이드는 늦가을에 피는 칼잎용담의 것인데, 여러 개의 하얗고 동그란 물방울무늬들이 점점이 청보랏빛 꽃잎 위를 수놓은 모습이 무척 환상적이다. 이 허니 가이드를 보면 왠지 모르게 인어공주가 생각난다. 칼잎용담의 깊은 꽃 속의 안쪽은 회백색과 짙은 고동색과 버건디 색깔이 혼합된 듯한 깊이 있고 고급스러운 실루엣을 보여 주는데, 마치 깊은 바다를 연상시킨다. 그 위쪽에 뒤집어진 꽃잎을 수놓은 하얀색 물방울무늬 점들은 마치 꽃 속 깊은 바다 속에서 자유롭게 헤엄치던 인어공주가 그만 땅 위로 나와, 사랑 때문에 물거품으로 사라진 모습 같기도 해 아련하다.

이 무늬를 특별히 사랑하는 곤충이 칼잎용담 꽃에 왔다 가면 드디어 숲이 텅 빈 것처럼 보이는 11월이 오고 더이상 숲에서 수분하는 곤충을 찾아보기 힘든 계절이 된다. 칼잎용담 꽃에 온 호박벌을 관찰한 것이 10월 20일이니 숲이 쌀쌀해진 계절에도 잊지 않고 이 꽃을 찾아 주는 다정한 짝꿍 곤충들이 고마울 뿐이다. 호박벌에겐 더 이상 꿀을 찾기 힘든 계절에 반겨 주는 칼잎용담이 또 얼마나 고마울 것인가.

꽃들이 모든 곤충에게 다 아름다울 필요는 없다. 서로를 필요로 하는 곤충들에게 알맞은 빛깔과 향기를 가지면 족하다. 짝꿍의 소중함을 모르고 엉뚱한 데 눈을 돌리

칼잎용담의 아련한 물방울무늬 허니 가이드

(2020. 10. 22)

는 곤충과 꽃들은 없다. 그 꽃을 가장 좋아하는 곤충이 제일 먼저 그 꽃을 알아보듯, 나의 아름다움을 알아봐 주는 소중한 사람들에게 가장 고운 빛깔을 보여 주고 필요한 꿀을 마련해 주는 정성을 쏟으면 될 일 아닐까 싶다. 때로 다른 꽃보다 덜 예뻐도, 때로 경쟁에 조금 뒤처지는 곤충이어도 서로에게 맞춰 진화해 온, 누구보다 서로를 잘 알고 아끼는 자연의 짝꿍들. 이들처럼 서로에게 없어서는 안 될 소중한 관계들에 집중할 때, 꽃이 잘 열매 맺듯 우리 생의 결실도 풍성하고 향기 짙을 것이다.

신 비 로 운
수 분
시 계

───────

누 리 장 나 무 ,
범 부 채 ,
뻐 꾹 나 리

꽃잎 속의 암술·수술은 꽃마다 모양도 빛깔도 다르고 수도
다르다. 한 꽃에 암술과 수술이 다 있는 양성화의 경우 같
은 꽃에서 수분이 이뤄지면 열성유전자가 나올 확률이 높
기에 자가수분을 피하기 위해 애쓴다. 이때 꽃들은 암술과
수술의 길이를 달리한다든가, 뻗는 방향을 확연히 달리하
는 방법을 쓴다. 왕원추리나 범부채, 누리장나무처럼 암
술과 수술이 같이 나 있는 꽃들은 암술·수술의 길이나 방

향이 크게 차이 난다. 성숙 시기를 달리하는 경우도 있는
데 소나무 꽃은 수꽃이 먼저 피고 암꽃은 나중에 핀다. 아
예 암꽃과 수꽃이 다른 나무에 단성화로 달리는 생강·은
행·복자기·계수나무 등도 있다.

작은 꽃들은 암술과 수술도 작아 그 움직임을 관찰하
기가 어려웠다. 하지만 올해는 여름 꽃들을 유심히 관찰
할 기회가 많아 수술과 암술의 새로운 움직임을 발견하곤
신비한 꽃의 언어에 눈이 번쩍 뜨였다.

누 리 장 나 무 의
수 분

반질반질 윤이 나는 초록의 숲에 어느 날 연하고 달콤한
향이 감돈다. 흠, 무슨 꽃이 피었는데 어디지? 두리번거
리며 사방을 살펴보니 저만치 그리 크지 않은 누리장나무
에 흰 꽃들이 나무를 뒤덮듯 피기 시작했다. 곁에만 가도
누린내가 난다고 해서 이름이 누리장나무다. 잎을 따서
손으로 뭉개 코끝에 대 보면 누린내가 진하게 풍겨 오는
데, 엄청 맡기 싫은 냄새라기보다 꽤 구수한 냄새다. 줄기
에서도 이 냄새가 나지만 꽃에서는 또 달콤한 향기가 폴

폴 풍긴다.

꽃향기를 음미하면서 가만히 들여다보니 길쭉한 수술의 기세가 만만찮다. 아주 날씬한 수술이 하늘을 향해 치켜들 듯 고개를 길게 빼고 있었다. 포물선을 그리듯 고개를 곧추 세운 것이 꼭 하늘을 향해 나팔을 부는 듯한 모습이다. 세어 보니 수술은 네 개이고, 보라색 꽃밥이 어여쁘다. 암술이 안 보이길래 어디 있나 했더니 수술과 정반대 방향인 아래쪽으로 역시 유연한 선을 그리며 축 처져 있다. 암술이 선처럼 미끈 날씬하고 암술머리가 잘 보이지 않는 구조라 자연이 낯선 사람들은 '이게 암술이야?' 할 정도다.

며칠 후 연이어 피어나는 누리장나무 꽃들을 들여다보다 깜짝 놀랐다. 분명히 위쪽으로 하늘을 향해 고개를 빼고 있던 수술들이 슬슬 아래로 내려가고 있는 게 아닌가. 위로 기세 좋게 뻗어 있던 수술대가 주저앉은 꼴로, 힘이 약해지며 서로 꼬여 가며 축 처진다. 그러더니 아래쪽에 길쭉하게 뻗어 있던 암술이 슬슬 올라오는 게 보인다. 와우! 새로 피어나는 옆의 꽃들과는 확연히 대조되는 모습이다. 누리장나무의 한살이를 일 년 내내 관찰할 기회가 없어 여태 몰랐다가, 이런 기막힌 움직임을 포착한

숲속의 누리장나무 풍경

것이다. 기자로 치면 특종 현장을 딱 잡은 셈이니 이 아니 기쁠쏘냐! 그렇게 암술은 살살 올라오고 수술은 슬슬 내려가더니 마침내 수술이 있던 자리에 암술이 딱 자리를 잡고, 수술과 똑같은 자세로 고개를 갸웃이 빼고 하늘을 향해 곧추선다.

맙소사, 꽃의 암술과 수술이 저절로 움직여 자릴 바꾸다니, 이게 가능한 일인가? 어떻게 수분이 다 된 줄 알고 째깍째깍 제 시간에 자리를 바꿀 수 있단 말인가? 마치 정교한 시곗바늘이 움직이는 것 같았다. 식물에게 수분 시간이란 정해져 있는 것이 아니다. 곤충들이 와서 수술의 꽃밥을 묻혀 동종의 다른 꽃 암술에 묻혀 줘야 수분에 성공하기에, 곤충이 언제 오느냐에 따라 그 시기가 천차만별일 수밖에 없다. 그런데 그 변화무쌍한 자연의 시간을 어찌 알고 때에 맞춰 정확히 암술과 수술이 자리를 바꾸는 걸까. 그 오묘하고 정교한 움직임은 눈앞에서 보고도 믿기 어려웠다.

이러니 한 송이 꽃이 하나의 완전한 우주라 할 만하지 않은가. 숲을 알면 알수록 그런 느낌이 더욱 강해진다. 꽃 한 송이만으로도 온 우주의 신비를 본 듯 감탄하고 놀라워하는 이유다. 그날은 꽃에게 암술기와 수술기가 따로

누리장나무 꽃 수술이 위로 들려 있다가 아래로 처지면
아래 있던 암술이 위로 올라간다. (2021. 7. 27)

있다는 걸 처음 발견한 날이었고, 탐색과 경험으로 이를 터득한 기쁨은 정말로 특별했다. 마침내 곧추선 암술이 수분을 준비하며 둘로 끝이 살짝 갈라지는 것까지 확인했다. 아, 이제 수술이 제 할 일을 다 끝내고 암술의 차례로구나. 수분에 담긴 꽃의 언어를 읽어 내며 내가 열매 맺을 준비를 끝낸 양 뿌듯했다.

여 름 향 기

여름날 숲은 화려하기 그지없다. 여름 꽃들은 태양처럼 환하고 정열적인 색채로 숲을 수놓는다. 주홍색 능소화와 범부채, 왕원추리, 참나리꽃 등이 정열적으로 숲을 물들인다. 여름이 짙어 가는 7월 중순 무렵. 싸리꽃들은 리본 같은 분홍 꽃을 매달고, 자귀나무 꽃은 화려한 꽃술을 나무 위를 수놓듯 피우고, 능소화도 마치 나팔 같은 꽃잎을 활짝 연다. 칡꽃들도 연달아 덩굴 위에 어여쁘게 매달려 숲에 차양을 드리운 듯 만개하기 시작한다. 숲이 주홍빛과 핑크빛으로 화려하게 물들어 강렬한 태양으로 눅진해진 공기에 진한 달콤함이 폴폴 풍긴다. 이게 내겐 여름 향기다. 숲 그늘에 가만히 서서 그 여름향기를 깊이 들이

누리장나무, 범부채, 뻐꾹나리

마시면 절로 눈이 감긴다. 멀리서 뻐꾸기 소리 느리게 들리고 고요한 평온함이 가슴을 가득 채운다. 충만함이란 감정이 이렇게 오감으로 선연히 채워진다.

이 시기에 피는 다른 꽃들도 누리장나무 꽃처럼 암술과 수술의 위치나 각도가 변할까? 이제 꽃들을 보는 내 눈이 더 비상해진다. 범부채 꽃은 처음엔 수술이 꽃 가운데에서 위를 향해 똑바로 서 있고 암술이 수술과 거의 90도 각도로 비스듬히 누워 있는 형상이다. 그런데 며칠 뒤 암술이 들리며 슬슬 올라오는 게 보이더니 마침내 수술 한가운데에 오뚝 서 있는 걸 관찰할 수 있었다.

곧이어 피어난 왕원추리도 암술과 수술의 위치가 재밌다. 함께 피었으나 서로 닿으면 절대로 안 된다는 몸짓이 극명하게, 암술을 거의 가운데 두고 수술을 오른쪽으로 잔뜩 기울이고 있다. 그 모습에 애쓴다 싶어 웃음이 난다. 아무리 작은 암술과 수술이라도 지구의 중력을 거슬러 몸을 기울이는 일이 어디 쉬우랴. 그러다 시간이 지나니, 아니나 다를까 수술이 할 일을 다 마쳤는지 드디어 슬슬 방향을 바꾸어 꽃 가운데로 와 암술을 에워싸고, 내가 언제 기울어져 있었냐는 듯 시침을 뚝 뗀다. 하지만 '나는 네가 어제 한 일을 알고 있다'. 배시시 웃음이 났다.

여름 꽃들(왼쪽부터 시계 방향으로)

○ 자귀나무 꽃(2021. 7. 14)

○ 능소화(2021. 7. 14)

○ 칡꽃(2021. 8. 8)

 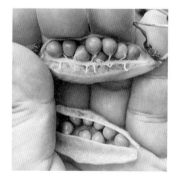

범부채 암술의 변화(왼쪽부터)

○ 암술이 90도로 누워있는 모습
(2020. 7. 13)

○ 암술이 슬슬 올라오는 모습
(2020. 7. 13)

○ 암술이 정가운데에 오똑
서 있는 모습(2021. 8. 2)

○ 꽃이 진 자리에 달린 범부채 열매
(2021. 8. 12)

○ 갓 생긴 범부채 열매 벌어진 모양

○ 범부채 열매가 까맣게 윤이나게
익은 모습(2021. 9. 14)

정말 신비롭지 않은가. 꽃들의 이런 내밀한 움직임들은 찌는 듯 더운 여름에도 나를 숲으로 불러낸다. 그 꽃들을 들여다보는 재미에 여름이 돌아다니기 힘든 계절이란 생각이 전혀 들지 않았다. 자생처가 귀한 뻐꾹나리도 운 좋게 관찰할 수 있었는데 꼭 암술처럼 생긴 하얗고 투명한 수술 6개가 꽃밥을 아래로 향한 채, 곤충들이 넓적한 아래쪽 꽃잎에 앉아 꿀을 먹을 때 수술가루를 묻히겠다는 심산으로 포즈를 취하고 있었다. 며칠 후 가 보니 3개의 붉은 암술이 두 갈래로 갈라져 끝이 위로 살짝 들려 있다가 수술을 가운데 두거나 비켜 가며 점점 꼬부라지며 아래로 처지는 게 보였다. 처음 암술·수술의 모습과 확연한 대조를 이루는 변화를 확인하면, 여지없이 얼마 후 열매가 충실히 익어 가는 모습을 볼 수 있었다. 숲을 알면 알수록 내가 아직도 모르는 이야기가 수두룩하다는 사실을 새삼 실감한 여름이었다.

자연이라는 세계를 깊이 경험해 본 사람들은 자신이 아는 것이 거대한 자연의 한 조각에 불과하며 감히 다 알 수 없는 깊고 넓고 무한한 세계가 존재한다는 걸 인정할 수밖에 없다. 자연에게서 겸손을 선물 받은 셈이다.

자연은 내게 해 준 것이 참 많다. 그중 가장 큰 것은 처

누 리 장 나 무 , 범 부 채 , 뻐 꾹 나 리

뻐꾹나리의 수술·암술 위치 변화

㉔ 뻐꾹나리 꽃과 꽃망울,
붉은 암술이 위로 들린 수술기
(2022. 8. 8)

⚫가운데 암술이 아래로 기울어지는
뻐꾹나리 암술기(2022. 9. 12)

⚫아래 뻐꾹나리 열매가 맺힌 풍경
(2022. 9. 12)

음에 하나도 몰랐던 숲이라는 낯선 세상을 기꺼이 탐색하고 즐기며 서서히 이해하는 사람으로 변화시킨 것이다. 그 유대감이 깊어 갈수록 더 많은 아름다움을 발견하는 기쁨을 누려 왔기에 이제 나는 다른 낯선 세계의 문턱들도 두려움보다는 호기심으로 즐기며 경탄으로 넘나들 수 있을 것 같다. 자연에서 배운 겸손이라는 열쇠라면, 내가 더 알고 싶은 낯선 세계와 낯선 사람들의 굳게 닫힌 문을 여는 데 더없이 유용하지 않을까. 그 여름에 나는 그런 열쇠 하나를 확실히 손에 넣은 기분이었다.

열
매
의

언
어

열 매 를
눈 부 시 게
만 들 어
주 는
것 들

―――――――

산 초 나 무
열 매 자 루 와
누 리 장 나 무
꽃 받 침

백선·산초·귤·탱자·황벽나무 같은 운향과 식물들은 호랑
나비가 찾아와 알을 낳고 애벌레가 먹이로 삼는 식물들이
다. 그중 가장 흔하게 볼 수 있는 산초나무는 올망졸망 자
그마한 꽃이 지면 동그란 열매가 처음엔 초록색으로 영글
다가 씨앗이 까맣게 다 익어 갈 무렵 열매 껍질이 탁탁 갈
라진다. 그 열매 껍질을 살짝 맛보면 분가루 같은 게 묻어
있고 알싸한 맛이 나는데, 그게 추어탕 먹을 때 나오는 향

신료 산초가루의 원료다.

예전에 산초나무에서 호랑나비가 조그만 알에서 나와 새똥 같은 애벌레가 되었다가 초록 애벌레로 변신하는 놀라운 과정을 지켜본 적 있다. 호랑나비는 보통 겨울을 고치로 보내고 봄에 나오는 봄형과 크기가 조금 더 큰 여름형 두 종류로 나뉜다. 3월 말부터 11월까지 지역의 날씨에 따라 연 2~3회 발생한다. 올해 근무한 숲에도 호랑나비가 날고 있는 것을 봤기에 어딘가에 귀여운 초록 애벌레들이 있으리라 짐작했건만 가을이 다 지나도록 한 녀석도 만나지 못했다. 어찌나 서운하던지!

그렇게 매일 산초나무를 샅샅이 살피다 보니 다른 해에 눈치 채지 못했던 꽃자루의 변화를 목격했다. 산초나무 열매가 다 익어갈 무렵 늘 지나다니던 숲길에서 이상하게 산초 열매가 눈에 확 들어와 박혔는데 처음엔 그게 왜 그리 눈에 잘 띄는지 영문을 몰랐다. 자세히 보니 열매자루가 선연하게 붉은 것이 보였다. '이게 원래 이런 색이었던가?' 아니다, 지난 사진을 찾아보니 처음 열매가 달렸을 땐 분명 녹색 열매에 열매자루도 연녹색이었다. 꽃이었을 때, 갓 열매를 맺었을 때는 분명 싱그러운 연녹색이었는데 가을이 되어 씨앗이 익을 무렵 눈에 띄게 붉은색으로 변해

시선을 확 사로잡았던 것이다. 처음에는 예상치 못한 변화에 어리둥절해하다가, 유레카를 외쳤다. "아! 열매를 돋보이게 하려고!" 가을 햇살 아래 선연하고 투명하기까지 한 그 붉은색은 색다른 아름다움을 느끼게 하며 산초 열매들이 남다른 존재감을 뽐내도록 해 주고 있었다.

산초나무 씨앗은 새가 좋아하는 붉은 색이 아니다. 그러니 잘 익은 열매가 새들의 눈에 잘 띄도록 열매자루와 열매 껍질이 붉은색으로 변신해 모자란 씨앗의 붉음을 더해 주는 것이다. 온통 붉디붉게 힘을 준 열매자루들이 "새들아 여길 봐, 이제 열매가 다 익었어" 하고 숲에 고하고 있는 것이다. 산초 열매는 특유의 향과 함께 기름 성분이 많아서 노랑딱새 등 월동지로 가는 여름철새나 나그네새들에게 아주 맛있는 먹잇감이다. 새들이 이 붉은 열매자루의 언어를 알아듣고 찾아가 배불리 먹고 멀리 날아가면, 그 씨앗은 나중에 새들의 똥에 섞여 나와 그 자리에서 싹을 틔운다.

그런데 누군가 이렇게 빛날 때 모든 걸 다 잃은 녀석도 있었다. 이 숲에서 제일 먼저 탐스런 열매를 맺은 산초나무였는데 그만 누군가의 섣부른 손이 일찌감치 달린 그 열매를 하나도 남기지 않고 다 훑어 가 버린 것이었다. 아

산초나무의 초록 꽃대와 노란 꽃밥을 단 꽃.
꿀을 먹으러 온 나비의 빨대 같은 입이 보인다.
(2021. 7. 20)

마도 장아찌를 담글 요량이었겠지만 일등이 그만 꼴찌가 되는 순간이었다. 제일 탐스럽고 아름다운 건 감당해야 할 위험이 너무 크다.

아! 그런데 열매가 하나도 남지 않은 그 열매자루들도 열매를 떠나보낼 때가 되자 여지없이 점점 붉게 물드는 게 아닌가. 이미 열매들은 다 빼앗기고 없는데 저 혼자 붉어지는 열매자루를 보니 그만 코끝이 시큰해진다. 이미 다 끝난 줄 알면서 차마 거둘 수 없는 마음이 남아 저토록 우두커니 붉어진 걸까. 그게 자식을 다 잃어버린 어느 어미의 애타는 붉은 심장이거나 울다지친 붉은 눈시울 같아 내내 마음이 쓰렸다.

누군가 제일 먼저 가장 멋진 열매를 맺어도 그게 반드시 좋은 일만은 아닐 수 있다는 것을, 크게 별 일 없이 평범하게 살기란 쉬운 일이 아니란 것을 나이 들수록 깨닫게 되니, 그저 오늘 하루 잘 지내라고 내 손끝의 온기로 안부를 전한다.

위 열매가 까맣게 익어 가자 붉어진 산초나무의 열매자루(2021. 9. 28)

아래 열매를 다 잃어버리고도 혼자 붉어진 열매자루(2021. 10. 11)

보 석 반 지   같 은
누 리 장 나 무   열 매

누리장나무의 꽃받침 역시 꽃과 열매들을 위해 눈부신 변
모를 거듭한다. 처음 연녹색으로 태어나 꽃이 피기 전 연
한 크림색이던 꽃받침은 꽃을 품고 있다가 긴 꽃자루를
쏘옥 내놓으며 꽃망울을 세상 밖으로 틔운다. 운 좋게 누
리장나무 꽃이 많은 곳에 근무하던 해에는, 꽃이 피고 열
매 맺는 과정 전체를 관찰할 수 있었다. 여태 제대로 보지
못했던 꽃받침의 눈부신 변모 과정을 지켜볼 수 있어 행
복했다. 숲해설가로 일하면서 가장 좋은 점은 식물들의
한살이를 빠짐없이 지켜볼 수 있다는 점이다. 매일매일
달라지는 그 변화를 관찰하는 일은 세상에서 가장 생기
있고 아름다운 것들과 동행하는 일이다.

크림색 꽃받침 속에서 불쑥 나온 꽃망울이 벌어져 하
얀 꽃 피고, 암술과 수술이 번갈아 제 할 일을 다하고 열
매가 맺히는 동안 꽃받침은 점점 붉게 변한다. 그리고 씨
방에서 자라는 아주 작은 열매를 폭 감싸 익힌다. 아직 덜
익은 허여멀건한 열매가 어엿한 청록색 빛깔로 보석처럼
영롱하게 빛나면 이번엔 열매를 감싸고 있던 꽃받침을 활

누리장나무 꽃받침이 열매를 익히며 점점 붉어져 꽃처럼 변하는 모습

(왼쪽 상단부터 좌우 순서로)

○ 맨처음 초록 꽃받침(2021.7.27)

○ 꽃피기 전 꽃망울이 크림색 꽃받침 속에서 쏘옥 고개를 내밀고 있다.

○ 덜 익은 열매를 감싼 핑크색 꽃받침(2021.8.29)

○ 열매가 다 익자 꽃처럼 붉게 벌어져 열매를 돋보이게 하는 꽃받침

(2021.9.13)

누리장나무의 꽃 같은 열매가 맺힌 숲길

(2021. 10. 13)

짝 열어 준다. 열매가 세상 밖으로 존재감을 드러낼 수 있도록. 그때 누리장나무 꽃받침은 눈부신 변신을 한다. 어쩌면 그리도 붉디붉게 꽃보다 더 아름답게 펼쳐지는지. 열매를 감싸고 있던 그 보드랍던 꽃받침이 마치 이제 내가 열매를 지탱해야 할 시간이라는 걸 잘 안다는 듯, 도톰하고 단단한 붉은 꽃잎처럼 피어 가운데 청록색 열매를 돋보이게 만든다. 이 시기가 되면 누리장나무엔 가지마다 주렁주렁 보석반지가 달린다. 그 열매를 보고 감탄하지 않는 사람은 없다. 숲체험 때 열매를 하나 따다 손가락 사이에 끼워 보면 영락없이 붉은 꽃반지 위에 블루 사파이어가 박힌 것 같다. 잘 익은 열매를 돋보이게 하려는 꽃의 섭리가 놀랍도록 아름답다.

동박새가 주로 깃들어 이 열매를 먹고, 시간이 지나면 이 어여쁜 꽃받침은 뒤로 활짝 젖혀져 열매가 더 잘 떠날 수 있도록 돕는다. 그 모습이 마치 비상을 준비하며 한껏 뒤로 젖힌 새의 날개 같다.

숲의 열매들은 이처럼 꽃받침이나 열매자루의 도움으로 가장 자기다운 색채로 익어 나무의 곁을 떠난다. 잎들이 영양분을 만들어 열매를 잘 키워 놓으면, 열매자루나 꽃받침 등 곁의 손길이 열매를 위해 온갖 치장을 해 주

는 것이다. 열매는 그렇게 사랑받은 힘으로 더 아름다워
지고 더 멀리 갈 힘을 얻는다.

우리 생의 열매인 아이들에게 우리가 해 주어야 할 일
도 이와 다르지 않을 것이다. 열매가 성장해 가는 동안 사
랑과 정성을 듬뿍 보태 주는 것. 열매들은 자신을 키워 준
나뭇잎과 꽃받침과 열매자루의 고마움을 알까? 인생의
시간은 부모와 아이가 함께 있어도 서로 다르게 가기 마
련이다. 내가 아이였고 꽃이었을 때는 알 수 없었던 마음,
내가 열매였을 때는 미처 몰랐던 나를 키우고 받쳐 주고
돋보이게 해 주었던 등 뒤의 사랑. 그 고마움을 뒤늦게서
야 사무치게 느끼고 깨달아 가며 우린 비로소 성숙한 어
른이 되는 것 같다. 그러니 성장하느라 부모의 그 마음을
모른대도 탓할 수도 없다. 그저 부모는 언제나 그 자리에
서 붉은 마음 그대로 기다릴 뿐이니, 언제든 그늘이 필요
할 때 와서 쉬어 가렴.

개 미 가
꽃 씨 를
퍼 트 리 는
이 유

———————

영 양 만 점
젤 리
엘 라 이 오 솜

식물들이 열매를 퍼트리는 방법은 많고도 다양하다. 그중 가장 기발한 방법은 개미에 의해 열매를 이동시키는 방법이 아닐까 싶다. 개미가 꽃씨를 퍼트린다고? 이 이야기를 처음 들었을 때 무슨 낯선 세계의 환상동화를 듣는 듯했다. 개미가 좋아한다는 엘라이오솜이 달린 열매도, 그걸 물고 가는 장면도 얼른 보고 싶은 마음이 간절했다. 조급한 마음에 아직 익지도 않은 금낭화와 애기똥풀 열매

곁을 서성여 보았지만 엘라이오솜이 잘 보이지도 않고 개미에게 던져 줘 봤자 잘 먹지도 않았다. 진짜 그런 거 맞나? 궁금증만 더해 갔다.

점점 숲과 함께 하는 시간이 많아지니 자연히 금낭화와 애기똥풀 열매들에서 하얀 엘라이오솜을 관찰할 기회가 많아졌다. 작은 열매에 조그맣게 붙은 젤리들이지만 요즘은 휴대폰 카메라 기능이 워낙 좋아 그걸 관찰하는 게 가능하다. 물론 루페나 문방구에서 산 돋보기가 있으면 더 확실히 관찰할 수 있다. 그렇게 열매에 붙은 엘라이오솜에는 아주 익숙해졌지만, 정작 개미가 그걸 얼마나 좋아하는지 먹는 장면을 보거나 물고 가는 걸 눈앞에서 목격할 기회는 좀체 오지 않았다. 개미도 작고 열매도 작고 거기 하얗게 붙은 엘라이오솜은 더 작으니 그게 어디쓱 본다고 보이겠는가. 숲해설가 13년차가 돼서야 '그래, 결심했어. 직접 실험해 보는 거야' 하고 맘을 먹었다.

개미는 단백질·지방산에 아미노산까지 풍부한 먹거리인 엘라이오솜elaiosom을 아주 좋아한다. 이 엘라이오솜은 열매 한쪽에 하얗게 붙어 있는데 보기에도 먹음직스럽다. 이것만 쏙 빼먹고 가 버릴 수도 있는 개미가 굳이 열매를 집까지 가지고 가서 먹고 버리게 하는 데 비밀이 숨

영양만점 젤리 엘라이오솜

어 있다. 엘라이오솜은 젤리 상태라 이것만 떼 가면 수분이 손실되어 맛과 영양가가 떨어지고, 또 주로 개미 유충의 먹이로 쓰이기에 집까지 옮겨 가는 수고를 마다 않는 것이다. 개미는 엘라이오솜이 붙은 열매째 집으로 가져가 먹고 필요 없는 씨앗은 집 밖으로 버리니, 거기서 식물들의 새싹이 돋는다. 지천으로 널린 애기똥풀, 제비꽃, 금낭화, 깽깽이풀, 얼레지 등 수많은 식물이 이렇게 개미의 도움으로 씨앗을 퍼트린다.

늦여름, 애기똥풀과 금낭화 열매들을 보니 한쪽에 하얀 엘라이오솜 젤리들을 잘 매달고 있다. 지금이 딱 적기다 싶어 콩꼬투리처럼 길쭉길쭉해진 애기똥풀 열매와 튼실하게 주렁주렁 늘어진 금낭화 열매를 따 와서 개미들이 잘 왔다갔다 하는 통로를 찾아 씨앗들을 뿌려 놓았다. 작은 초록 잎들 사이에 뿌려 놓은 동글동글한 까만 씨앗들은 꽤 눈에 잘 띄니까 이 맛있는 열매를 보고 군침을 흘리며 금세 개미떼들이 우르르 달려오지 않을까? 두근거리며 그 앞에 쪼그리고 앉아 있기를 1분째, 한 놈도 오지 않았다. 그 1분도 길게 느껴졌던 건, 꽤 많은 수의 개미가 부지런히 오가는 곳이었기 때문이다. 그러던 찰나 개미 한 마리가 금낭화의 까만 씨앗 앞에 얼쩡거린다. 오오! 왔어

왔어! 흥분을 누르고 들여다보니 금낭화 씨앗과 그보다 더 작은 애기똥풀 씨앗에도 관심을 보이며 정신없이 왔다 갔다 한다. 그러다가는 더 풍성한 금낭화 씨앗의 엘라이오솜에 가까이 가 한 입 딱 깨무는 게 아닌가. 엘라이오솜에 조그맣게 개미가 한 입 베어 문 자국이 뾰족 났다. 와우! 진짜 개미가 엘라이오솜을 먹는구나! 자연 다큐멘터리를 한 편 찍는 기분이었다.

개미의 자르는 입을 그때 처음 보았다. 입술(윗입술) 아래서 아주 작은 더듬이 같은 두 개의 자르는 입(큰턱)이 쏘옥 나오더니 그걸로 엘라이오솜을 싹 잘라 먹었다. 그러고는 까만 금낭화 씨앗을 물고 가기 시작한다. 까만 개미가 물고 가는 동그란 까만 열매. 그 모습이 얼마나 귀엽던지 절로 입꼬리가 올라갔다. 개미는 엘라이오솜이 있는 하얀 쪽을 문 채, 공같이 동그란 열매를 축구선수가 공을 드리블하듯 유연하고도 재빠르게 몰고 갔다. 녀석이 빠르게 조르륵 가져간 뒤, 또 다른 녀석들이 다가왔다. 그 녀석들이 열매를 노리는 걸 보고서야 '와, 정말 개미가 엘라이오솜을 무척 좋아하는구나!' 확인할 수 있었다.

어느 날 운 좋게 포착한 완벽한 모양의 제비꽃 열매에도 조그만 엘라이오솜이 붙어 있는 걸 보았다. 제비꽃은

영양만점 젤리 엘라이오솜

위 금낭화 꼬투리에서 개미가 좋아하는 먹이인
하얀 엘라이오솜이 달린 열매가 터져 나온 모습(2021.6.29)
아래 금낭화의 엘라이오솜을 먹는 개미

처음엔 동그랗던 열매가 세 갈래로 딱 갈라지는데, 그 모양이 마치 길쭉한 그릇에 동글동글한 초코볼이 소복이 담긴 듯 앙증맞다. 그 한쪽에 엘라이오솜이 조그맣게 삐죽 나온 게 보인다. 나도 이 초코볼 시리얼 같은 열매를 한 순갈 폭 떠먹고 싶은데 개미는 오죽할까. 그리 크지도 않은 키의 제비꽃 접시에 맛있는 젤리가 소복소복 담겨 있다니, 개미가 절대로 놓치고 싶지 않은 매력적인 먹거리일 것이다.

그나저나 이 작은 개미가 이렇게나 많은 아름다운 꽃들의 씨앗을 이동시키고 새로운 싹이 돋도록 일조한다니, 개미가 사라진다면 이 많은 아름다운 꽃들을 더 이상 볼 수 없게 되는 것 아닌가. 물론 꽃들은 대안을 찾고 다른 방법으로 열매를 퍼트리도록 진화해 가겠지만 개미가 없으면 초봄 꽃샘추위가 채 가시기도 전에 온 땅을 뒤덮는 보랏빛 깽깽이풀 꽃무더기를 당분간 볼 수 없을 것이란 생각에 아찔해진다. 마치 두더지가 땅속에서 불쑥 꽃다발을 내민 것 같은 방사형의 깽깽이풀. 누구나 보면 감탄하지 않을 수 없는 이 꽃무더기들은 열매가 나오면 초록색 잎들이 둥글게 에워싸 열매들이 익어 가는 동안 눈에 띄지 않게 보호해 준다. 그러다 다 익으면 개미들의 먹

(위) 깽깽이풀 꽃(2020. 3. 25)

(아래) 꽃 지고 열매가 익어갈 때 잎으로
감춘 모습(2020. 4. 16)

이로 내놓아 개미들이 물어 나르는 덕에 이 어여쁜 깽깽이풀 꽃을 볼 수 있는 것이다. 그렇게 생각하니 작디작은 개미가 더없이 귀하게 여겨진다.

숲은 거대한 공동체로 서로 긴밀히 연결돼 있어 서로의 먹이가 되고 수분을 돕거나 열매를 퍼트려 주며 공생한다. 숲처럼 사람 사는 세상에도 필요 없는 존재는 단 하나도 없고, 그 모두에겐 각자의 역할이 있다. 우리는 미처 생각지 못하는 순간에도 유기적으로 서로의 삶과 직간접적으로 연결돼 있으며, 없어서는 안 될 몫을 해 낸다. 꽃들의 씨앗이 이렇게 서로 연결된 다른 존재들 사이를 건너 꽃을 피우듯, 우리 생의 꽃들도 다른 존재들의 생의 무게를 건너 그 사이에서 어여쁜 꽃씨를 퍼트리기를. 그리하여 함께 어우러진 아름다운 꽃밭을 이루기를 바란다.

금낭화 엘라이오솜을
물고 가는 개미

　　　　　영양만점 젤리 엘라이오솜

너 무
어 려 운
동 정
키

─────

좀 ,
개 ,
돌

숲에 있다 보면 정말 어려운 게 동정, 그러니까 이 식물이 분류학상 어디에 속하는지 명칭을 바르게 정하는 일이다. 하도 비슷비슷한 식물들이 많아서 도감으로 그 차이를 공부하다가 막상 처음으로 그 식물을 만나면 그게 그건지 헷갈리기 일쑤다. 자주 만나고 익숙해져야 생긴 모양이 제대로 보이기 시작하는 법인데, 1년에 한 번 피는 시기에 잠깐 '아, 이거구나' 하고 열심히 눈으로 익히고 공부해도 다음 해 다른 환경에서 만나면 또 긴가민가한다.

더구나 '좀, 개, 돌'이라는 동정 키key까지 붙으면 혼란스럽기 그지없다. 한마디로 사람 잡는다.

비슷한 종류의 식물 이름에 '좀'이 붙을 땐 '열매가 좀 작다, 식물의 크기가 더 작다'라는 설명들이 따라 붙는다. '개'는 '원래 식물보다 흔하다'라는 뜻으로 주로 쓰이고, '돌'은 '본래 열매에 비해 작고 맛이 덜하다'라는 뜻으로 많이 쓰인다. 이런 동정 용어들을 보면 늘 묻고 싶어 진다. '좀'이라니, '흔하다'라니!

실제로 그 꽃과 열매를 보고 무슨 식물인지 알아야 하는 숲해설가들 입장에선 참으로 혼란스러운 단어들이다. 생장 환경에 따라 햇빛 잘 받고 물 잘 먹고 바람 잘 통하는 데 있으면 무럭무럭 자라기 마련이고, 그렇게 잘 자란 식물들은 좀 더 클 수도 있고, 더 잘 번져갈 수도 있으며 열매 크기도 더 커질 수 있다. 그러니 당최 원래 그 식물인지, 좀이나 개가 붙은 열매인지 도감의 설명을 읽으면서 봐도 어렵다. 그러니 숲해설가들에게 숲 모니터링은 필수적으로 수행해야 하는 과제다. 매일 숲을 돌면서 어떤 식물들이 새로 피어나고 지고 열매를 맺는지 소상하게 알아 둬야만 그 식물이 어떤 신비한 생태를 갖고 있는지, 꽃이 필 때는 어떻고 열매를 맺을 때는 어떻고 미주알고주

알 할 얘기가 많아지는 것이다.

비 슷 하 면 서 도
다 른   매 력

최근 나를 오리무중에 빠트린 열매는 참개암, 물개암, 병물개암이었다. 열매 모양이 미묘하게 차이 나는 이 녀석들을 구분해 보겠다고 마음먹고는, 전쟁에 참전하는 장수처럼 비장하게 책상 앞에 앉았다. 며칠, 아니 몇 달짜리 지난한 싸움이 될 수도 있을 터였다. 일단 정확성을 위해 확보한 샘플 식물을 앞에 두고 도감을 들여다보지만 고전을 면치 못한다. 식물이라는 게 시시각각 변화하니, 도감과 같은 시기가 아니면 사진도 무용지물이다. 도감에 나온 걸로 확인이 안 되면 인터넷 사전을 찾아 비교해 보고 그것의 다름을 확실히 눈에 익히기 위해 이름난 고수들의 식물 블로그들을 기웃거린다. 어디선 '병물개암'이라는데 어디선 '물개암'이란다. 정말 머리를 쥐어뜯게 만든다.
　사람 잡는 단어가 붙은 식물은 더하다. 좀! 개! 돌! 복숭아와 개복숭아, 작살과 좀작살나무, 망초와 개망초, 개미취와 벌개미취, 배와 돌배 등이 그 예인데 그 차이를 살짝 짚어 보자면 이와 같다.

일단 작살과 좀작살나무는 가지의 갈라짐이 꼭 물고기 잡는 작살 모양처럼 벌어진다고 해서 작살나무다. 그중 작살 열매는 열매자루가 잎겨드랑이에 바짝 붙어서 열린다. 좀작살은 열매자루가 잎겨드랑이에서 좀 떨어져 있고 길이도 조금 더 길다. '좀 떨어져 있어서 좀작살'이라고 외워 두면 쉽다. 그리고 잎 전체에 톱니가 있는 작살나무에 비해 좀작살나무는 잎의 절반 정도에 톱니가 있다. 물론 이것들은 조금씩 모양을 달리하기에 하나만 보면 헷갈리니 같은 나무의 여러 부위를 살피며 동정해야 한다. 꽃이 피면 암술이 유난히 길쭉하게 올라와 있는 건 작살, 암술·수술 길이가 비슷한 건 좀작살이다.

좀작살과 작살 열매가 보랏빛으로 익어 주렁주렁한 숲은 얼마나 환상적인지! 좀체 우리 일상에서 찾아보기 힘든 보랏빛 영롱한 열매가 가을은 보랏빛의 계절이라고 말해 주는 듯하고, 탐방객들은 감탄을 자아낸다. 실제로 가을 숲에 제일 먼저 싸아한 향기를 풍기며 피는 배초향과 꽃향유 꽃만 봐도 진보라색 불꽃이 타오르는 듯하며, 순식간에 달콤한 여름 향기를 밀어내고 가을 향기 가득한 숲으로 바꿔 놓는다. 곧이어 온갖 들국화가 보랏빛으로

㉤ 좀작살나무 열매. 열매자루가 잎겨드랑이에서
좀 떨어져 난다. (2021. 9. 18)

㉣ 작살나무 열매는 열매자루가 잎겨드랑이에
바짝 붙어 난다. (2021. 10. 12)

피어난다. 그래서 내게 가을은 보랏빛 계절이다.

누 구 와 도
다 른   너

복숭아에 비해 개복숭아는 열매가 작고 털이 더 많다는
특징이 있다. 복숭아는 쑥쑥 자라 열매가 커지는 반면 개
복숭아는 어느 정도 되면 더 이상 커지지 않고 잘 떨어지
기까지 해 개복숭아가 되고 말았다. 하지만 털의 유무나
크기로 둘을 구분하긴 어렵다. 복숭아 열매는 어릴 때부
터 동그란 데 비해 개복숭아는 좀 더 아래로 뾰족한 느낌
이 난다. 개복숭아는 꽃이 필 때 잘 보면 꽃자루가 좀 긴
것들이 보이고 잎이 날 땐 잎 밑 가장자리에 밀샘이 있다.
복숭아는 꽃자루가 짧고 잎자루와 잎 밑 두 군데에 다 밀
샘이 있는 것으로 구분할 수 있다. 개복숭아 꽃의 아름다
움만큼은 복숭아에 뒤지지 않고 외려 더 붉고 화사한 기
운이 돈다.

자, 어려운 숙제였던 열매들을 구분해 본 결론이다.
개암은 총포가 종 모양으로 열매를 감싼, 우리가 모두 잘
아는 녀석이고 참개암은 포(총포, 잎으로 변하여 꽃이나 열

좀 . 개 . 돌

위 복숭아꽃(2019. 4. 23)

아래 개복숭아꽃(2021. 4. 12)

매의 밑둥을 싸고 있는 비늘 같은 조각)가 열매 부분부터 급격히 좁아지며 뿔처럼 가늘고 길게 뻗어 뿔개암나무라고도 불리는 녀석이다. 물개암은 포가 참개암처럼 길지만 열매 윗부분에서 뚜렷하게 좁아지지 않고 포의 위아래 넓이가 큰 차이 없이 그냥 길쭉한 느낌으로 빠지며 끝이 갈라진다. 병물개암은 포가 짧고 두리뭉수리 해서 길게 뻗은 느낌 없이 뭉툭한 호리병처럼 보이며, 포 끝이 몇 가닥으로 갈라진 게 잘 보인다.

이리 설명하면 구분할 수 있겠는가? 아니, 불가능하다. 그냥 1년에 한두 번 그걸 본다고 기억하기는 힘들다. 같은 곳에서 매년 같은 식물들을 만난다면 점점 더 그 형태를 잘 구분할 수 있고, 나중엔 척 보기만 해도 그게 누군지 단번에 알아보게 될 것이다.

참·물·병물개암 모두 겉껍질에 희게 보이는 갈색 털이 촘촘히 나 있는데 이걸 맨 손으로 땄다간 큰코다치니 꼭 알아 두시길. 이건 털을 가장한 무서운 가시이기 때문이다. 한번은 멋모르고 맨 손으로 병물개암 열매를 따 먹었다가 가시가 온 손에 박혀 얼마나 아리고 쓰린지 악 소리가 절로 났다. 잘 빠지지도 않아 카드로 밀어 겨우 빼냈던 경험이 있으니 그 녀석들을 만나면 꼭 장갑을 끼고 만져

좀 , 개 , 돌

개암, 물개암, 참개암, 병물개암(왼쪽 상단부터 좌우 순서로)

○ 개암 열매(2021.7.20)

○ 물개암. 열매를 감싼 포가 열매에서 급격하게 좁아지지 않는다. (2021.8.10)

○ 참개암. 포가 열매에서 급격하게 좁아지며 뿔처럼 뻗는다. (2021.9.17)

○ 병물개암. 포가 급격하게 좁아지지 않으며 호리병 모양으로 다소 짧다.

(2021.8.13)

구분하기 힘든 들국화 종류

㉂ 잎이 쑥잎을 닮은 구절초(2021. 9. 28)

㉃ 연한 핑크빛과 흰빛이 도는 까실쑥부쟁이

잎이 까실까실하여 까실쑥부쟁이다. (2021. 9. 27)

(위) 미국쑥부쟁이. 유난히 자잘한 초록 꽃대와 꽃잎의
조화가 아름답다. (2021. 9. 23)
(아래) 핑크빛 벌개미취(2021. 9. 6)

야 한다.

숲해설가들은 대개 이렇게 숲해설을 마치고 내려오면 하루가 멀다 하고 숲을 모니터링 하고, 모니터링 한 식물을 동정하고 자료를 취합하며, 한 달간 어떤 프로그램을 진행할 것인지 기획한다. 어떤 주제로 어떤 식물을 중점으로 하여 장소를 선정하고 설명할 것인지, 동적인 활동과 정적인 활동이 적절히 섞이고 탐색과 자연놀이와 자연미술 등이 자연스레 한 주제로 연결될 수 있는지 살피며 프로그램을 만든다. 또 주제에 맞는 설명 자료를 만들거나 숲놀이 재료를 챙기거나 하며 숲해설가의 하루가 간다. 열심히 숲을 누비고 다니며 모니터링을 자주 한 숲해설가일수록 숲의 언어들을 더 잘 이해하고 신비한 이야깃거리들을 많이 갖고 있는 게 당연하다. 이런 숲해설가일수록 그 종잡을 수 없는 식물 동정의 세계에서 마침내 승리할 수 있는 사람들임은 두말할 나위가 없다.

좀, 개, 돌처럼 마구 뒤섞이고 헷갈리는 것들이 선명하게 저만의 개성을 드러내며 익어 갈 때 숲의 이야기도 다채롭게 무르익어 가고 그들의 언어를 통역해 주는 숲해설가들의 이야기도 점점 더 깊어만 간다.

빈
씨 방 의
아 름 다 움

―――

수 까 치 깨 와
물 봉 선 ,
누 린 내 풀
씨 방

꽃도 지고 단풍도 지고 열매도 다 떠나가면 숲은 삽시간
에 휑해지고 더 이상 볼 것이 없다고 생각하는 사람들이
많다. 11월 중순 이후의 숲은 그래서 언뜻 좀 쓸쓸하고 아
무것도 없는 듯이 텅 비어 보인다. 12월엔 하얀 눈이라도
있지. 침엽수들이 크리스마스 트리처럼 눈을 잔뜩 이고
있는 꿈속처럼 하얀 아름다움이나, 빨간 열매가 눈 속에
서 반짝반짝 빛날 때의 아름다움 같은 것을 기대하기 힘

크리스마스 트리처럼 눈을 잔뜩 인 꿈결 같은 겨울 숲

든 11월 말의 숲은 점점 추워지는 날씨 탓에 텅 빈 듯 스산하기만 하다.

그러나 그런 때조차 숲에는 눈여겨볼 수 있는 것들이 언제나 널려 있다. 열매가 다 떠나간 씨방의 언어, 그 낯설고도 신비한 언어가 단연 11월의 숲이 담고 있는 이야기다. 숲해설가의 눈에는 아직 이 숲에 남아 있는 다양한 열매꼬투리들의 색다른 아름다움이 보이고, 그 빈 씨방들에 바람이 드나드는 미세한 소리가 노래처럼 은은히 울려 퍼지는 분명한 '있음'의 계절이다.

씨방(열매꼬투리)은 속씨식물의 밑씨가 들어 있던 곳으로, 수정이 이루어진 뒤 밑씨는 씨앗이 되고 씨방은 열매가 된다. 말 그대로 씨앗을 감싸고 있던 방이 씨방이다. 식물의 씨앗을 싸고 있는 껍질을 꼬투리, 콩과 식물의 경우 콩을 싸고 있던 겉껍질을 콩꼬투리라 부르므로, 그걸 연상해 보면 씨방의 존재를 쉽게 떠올릴 수 있겠다. 열매속에 보통 씨앗이 들어 있으니 콩꼬투리는 열매의 형태고, 이렇게 씨방이 자라서 열매가 된 것을 참열매라 한다. 또 꽃턱(꽃받기)이나 꽃받침 같은 식물 기관들이 성숙해 열매가 되기도 하는데 이런 열매를 헛열매라고 한다. 사과나 배 같은 열매는 꽃턱이 자란 것이고 석류는 암꽃의 꽃받침이 자라 열매가 된 것이다. 이렇듯 씨앗을 감싼 열매들은 자세히 보면 그 모양이 천차만별이고, 놀라운 생김새를 가진 것도 많다.

숲에서 발견한 것들 중 가장 재밌었던 씨방 중 하나는 늦가을에 발견한 수까치깨 열매였다. 허리춤 정도 오는 수까치깨는 열매가 삐죽하게 길게 달려 남자의 음경을 연상시킨다 해서 수까치깨라 불린다는데, 이 열매가 갈라질 때 모습이 굉장히 특이하다. 세상에 이렇게 기발한 모양의 씨방은 처음 봤다. 씨앗이 다 익으면 수까치깨 열매는 영락없는 지퍼 모양으로 갈라진다. 적당히 길쭉한 열매자루에 주렁주렁 잘 열린 지퍼가 붙은 식물을 상상해보시길.

처음 본 그 열매가 얼마나 신기하던지 "이것 좀 봐요, 지퍼가 열린 것 같아요" 하고 동네방네 들고 다니며 호들갑을 떨었다. 지퍼처럼 뾰족뾰족한 선들이 정교하게 잘 맞물려 있던 형태가 죽 벌어져, 그 사이에 까만 씨앗이 작지만 옹골차게 비어져 나오는 모양새가 신기하다. 정말 자연은 모든 아이디어와 디자인의 원천이라는 생각을 또 한 번 한다. 잠수함을 만들 때 가장 잠수를 잘하는 돌고래를 참조하고, 날아갈 듯 빠른 고속 열차를 만들

때도 공기의 저항을 가장 덜 받는 동물을 모델로 삼는다
(KTX-산천은 우리나라 강에서 서식하는 토종 물고기 산천어
를 모델로 했다). 정교한 낙하산 모양의 털을 달고 훨훨 잘
날아가는 민들레와 비행기 프로펠러 같은 날개를 단 단
풍나무과 열매들의 원리를 이용해 낙하산과 프로펠러를
만들었다는 건 잘 알려진 이야기다. 도꼬마리 열매가 잘
떨어지지 않는 원리를 이용하여 벨크로가 탄생한 것처
럼 자연에서 영감을 받아 연구하는 기술을 '생체모방기
술'이라 한다. 온갖 과학 발명품과 일상 생활용품이 자연
이라는 원천에서 나왔다.

손 대 면   톡 하 고
터 질   것 만   같 은

밤을 주우러 가까운 산에 갔던 어느 가을날의 이야기다.
씨앗이 날아간 물봉선의 꼬투리가 꼭 달팽이 두 마리처럼
또르르 말려 나란히 매달린 모습이 너무 귀여워 한참 그
앞에 앉아 들여다봤다. 물봉선은 노래에도 나오듯이 씨
앗이 잘 익으면 톡 건드리기만 해도 씨앗이 사방으로 순
식간에 피융 날아가는데, 그렇게 씨앗을 날린 씨방이 이

(위) 지퍼처럼 열린 수까치깨 씨방(2020. 11. 30)
(아래) 달팽이같이 말린 물봉선 씨방(2021. 10. 6)

렇게나 귀엽고 예쁘게 말려 있을 줄이야. 마치 새로운 생명체를 발견한 것처럼 신기했다.

누린내풀은 꽃이 필 때 아주 고약한 냄새가 나서 누린내풀인데, 그런 이름이 억울할 만큼 예쁜 꽃을 가졌다. 하긴 그렇게 예쁘니 자신을 철저하게 방어하는 향을 가졌겠지. 보랏빛 꽃 자체도 너무 예쁜데 꽃 밖으로 불쑥 솟아나온 암술과 수술이 마치 나비 더듬이 같고 꽃도 영락없이 날개를 편 나비 같다. 누린내풀이 피면 정말 보랏빛 나비 여러 마리가 풀섶에서 나풀나풀 춤을 추는 듯하다. 이꽃은 씨방도 아주 작은 4구 계란판처럼 앙증맞다. 그 계란판 안에 계란처럼 동그랗게 담긴 초록 열매 4개가 갈색으로 고동색으로 살살 잘 익어 나가는 것이다. 그런데 그것으로 끝이 아니다. 씨방은 씨앗이 떠난 빈 공간을 살짝 오므리며 얇은 껍질 같은 막으로 다시 빈 공간을 채운다. 동그마니 또 다른 형태로 변하며 아름답게 마감되는 것이다. 누가 이것들을 씨앗이 다 나가 버린 쓸모없는 꼬투리라 할까. 그러기에는 그 모양새며 빛깔들이 완벽하리만치 아름답다.

운향과 백선의 씨방은 예쁜 브로치가 된다. 씨앗이 나갈 때 터진 모양새가 어쩜 저리 꽃 같은지! 꼭 브로치 같은 모양이라 옷섶에 달고 다니고 싶어진다.

쥐방울덩굴 열매는 낙하산 모양의 열매자루에 열매가 바구니 모양으로 주렁주렁 매달려 있다. 씨앗이 다 익으면 동그랗게 매달려 있던 씨방이 딱 벌어진다. 안쪽에 겹쳐 있던 미색 부분과 바깥쪽 고동색 씨방의 색채가 차례차례 섬세하게 그라데이션 된 모습은 언제 봐도 아름답다. 어쩌다 운 좋게 주렁주렁 매달린 쥐방울덩굴 열매를 만나면 그렇게 반가울 수가 없다. 귀여운 바구니 같은 열매에 그득 담긴 동전 같은 씨앗들을 숲체험 때 복을 주는 엽전이라고 장난스레 나눠 줄 때는 어찌나 즐거운지!

빈 씨방은 사람의 인생으로 보면 분명 씨앗을 다 떠나보낸, 자식들을 다 분가시킨 노년기의 모습이다. 하지만 인생의 결실들을 다 떠나보낸 빈 꼬투리들의 모습은 말라 부스러지거나 힘없이 사위어 가기만 하는 그런 모습들이 아니었다. 외려 꽃이나 씨앗 못지않은 독특한 아름다움으로 마감되며 오랜 시간을 거쳐 서서히 자연으로 돌아간다. 그 시기의 숲을 거닐면 어디선가 씨앗을 떠나보낸 빈 껍질들의 허심한 노랫소리가 들리는 듯하다.

이제야 비로소 바람의 노래를 들을 수 있게 된 것 같다. 애틋하게 맘을 기울이니 인생의 시간을 거의 다 보낸

(왼쪽 상단부터 반시계 방향으로)

○ 누린내풀 꽃(2020.9.24)

○ 씨앗이 든 누린내풀 씨방(2020.9.15)

○ 씨앗이 다 나가고 마감된 누린내풀 꼬투리(ⓒ장석령)

(왼쪽 상단부터 시계 방향으로)

○ 브로치 같은 백선 꼬투리(2020.11.19)

○ 낙하산 같은 열매자루에 주렁주렁 매달린 쥐방울덩굴 열매

바구니 같은 열매 안에는 씨앗이 그득 들어 있다. (2020.12.9)

빈 꼬투리들의 노랫소리가 들린다. 씨앗을 꼭 차게 품고 있다 떠나보낸 빈 공간에 어느새 비와 바람이 드나들고 햇살이 스며들어 꼬투리들이 사그락댄다. 할 일을 다 마친 꼬투리들의 평온하고 허심한 노랫소리가 은은히 온 숲을 감싸고, 내 귓가와 마음을 울린다.

생의 가장 중요한 씨앗을 다 떠나보내고도 여전히 자신을 잃지 않는 저 고운 꼬투리들. 나도 노년이 되면 내 생의 열매들을 잘 갈무리하고 저들처럼 아름답게 마감되고 싶다. 생의 마지막까지 고유한 아름다움으로 남아, 씨앗을 떠나보낸 빈자리에 햇살과 바람이 드나드는 걸 즐기며, 더 넓어진 품으로 허심하고 평온하게 마지막 남은 노래를 부르다 서서히 자연으로 돌아가리라.

다 람 쥐 가
씨 앗 을
먹 은
흔 적

———

솔 방 울 과
낙 엽 송
심

숲에서 사람들이 제일 흔하게 접할 수 있고 누구나 다 아는 열매로 아마 솔방울을 들 수 있을 것이다. 하지만 막상 솔방울 갈피 속에 든 씨앗을 본 적이 있느냐고 물으면 보았다고 하는 이 드무니, 소나무과의 솔방울 그리고 낙엽송 열매의 언어를 들여다보자.

솔방울 열매들은 갈피갈피(실편)마다 연한 갈색 날개에 감싸인 흑갈색 씨앗들을 두 개씩 달고 있다. 실팍한 열매를 품고 있다가 열매를 떠나보낼 때가 되면 갈피들을 조각조각 벌려 씨앗을 날린다. 동료 선생님이 찍어 온 사진에는 솔방울이 실편을 한꺼번에 벌린 게 아니라 맨 아래쪽부터 벌려 씨앗을 날리려는 모습이 포착됐다. 맑은 날엔 한꺼번에 다 열어 씨앗을 날리겠거니 했던 내 생각과는 다른 오묘한 몸짓에 놀라 한참을 들여다보았다.

바람 좋은 날, 솔방울은 씨앗이 좋은 땅으로 날아가길 바라며 갈피를 곱게 열어 준다. 그런데 이렇게 벌리고 있다가도 날씨가 습하거나 비가 오는 날은 여지없이 꼭 입을 다문다. 그런 날은 씨앗이 멀리 날아가지 못할 게 뻔하니까. 자식을 그리 험한 날 세상에 처음 내놓고 싶은 부모가 어디 있겠는가. 그렇게 마음 써 가며 정성스레 갈피를 열어 씨앗을 다 날린 뒤 마침내 떨어진 솔방울이나 스트로브 잣나무 열매들은 맑은 날 갈피가 열리고 습기가 많을 땐 닫히는 이 성질 때문에 좋은 천연 가습기 역할을 한다. 이 열매들을 주워 집으로 와서 뜨거운 물에 끓여 씻어 내다 보면 또 어느새 입을 꼭 다문다. 이미 씨앗들은 다 떠났는데 자식을 지키던 어미의 모정은 그대로 남은 열매들이라니. 애정이 식지 않는 열매들의 갈피 덕에 호강하는 건 나다. 실편을 꼭 다문 열매 여럿을 예쁜 그릇에 받

솔방울과 낙엽송 심

쳐 침대 옆에 놓는다. 물기가 다 말라 건조해지면 절로 갈피가 말라 벌어지고, 다시 물에 담그면 입을 다문다. 그 열매들은 겨울 동안 숨을 쉬며 내 곁에 숲의 촉촉함을 전해 준다.

낙엽송 열매는 실편이 원래 뒤로 젖혀져 있어서 얼핏 갈피를 오므리거나 벌리지 않는 것 같지만 바싹 마르면 씨앗이 있던 갈피 안쪽 깊숙한 곳이 열려 훤하게 보인다. 작지만 씨앗을 날리기엔 충분한 몸짓이다. 낙엽송 열매는 갈피가 크게 열렸다 닫혔다 하지 않아도 실편이 여러 겹으로 얇고 많아서(50~60개 정도) 물을 충분히 머금을 수 있다.

이런 열매들을 곁에 두고 싶을 땐 아직 나뭇가지에 매달린 것보다는 땅에 떨어진 것을 이용하자. 숲에 가서 낙엽송이나 소나무 아래를 보면 이런 열매들을 쉽게 찾을 수 있다. 낙엽송 열매는 어찌나 예쁜지, 장미꽃 모양으로 돌려 핀 섬세한 갈피갈피가 예술이다. 종종 사람들과 숲 체험을 할 때 낙엽송 열매 찾기를 하는데 그 예쁜 열매를 모르는 사람이 대부분이라 작은 솔방울같이 생겼다고 힌트를 준다. 너무 예뻐서 숲의 보물을 찾은 것처럼 기분이 좋아질 거라고 얘기하면 다들 열심히 낙엽송 열매를 찾는

곱게 단풍이 든 가을 숲

다. 눈썰미 좋은 한두 사람이 그걸 발견해 자랑하노라면 다들 모여들어 감탄한다. "정말 장미꽃 같네요" 하고 들여다보는 그 눈빛들은 순간 진짜 보물이라도 보는 듯 황홀하게 반짝인다.

갈 비   먹 는
다 람 쥐

운 좋으면 그 아래서 열매들뿐 아니라 다람쥐가 솔방울이나 낙엽송 열매를 까먹은 흔적도 찾을 수 있다. 양손으로 열매를 들고 그 안의 씨앗을 먹기 위해 낙엽송 열매 갈피들을 호로로록 순식간에 벗겨 내는 다람쥐의 야무진 솜씨를 나도 여러 번 보았다. 한번은 플라스틱 간이 지붕 위에서 청설모가 잣송이를 까먹는데, 껍질을 벗겨 내는 속도가 너무 빨라 투두두두둥 하고 마치 비오는 듯한 소리를 내며 껍질이 쏟아져 내렸다. 재밌는 건 사람들이 드나들기 힘든, 숲 가장 안쪽의 넓은 덱 바닥에 낙엽송 심이 제일 많았다는 거다. 다람쥐 녀석, 저도 편한 건 알아가지고 그늘지고 편한 숲 덱에 느긋하게 앉아 사람들 안 오는 틈에 낙엽송 씨앗을 맛있게 까먹었구나. 그런 상상을 하니 그

(왼쪽 상단부터 시계 방향으로)

○ 다람쥐가 먹고 간 낙엽송 열매와 심(2021. 7. 8)

○ 솔방울이 맨 아래쪽 갈피를 연 모습. 갈피 안쪽에 씨앗이 두 개씩 붙어 있다. (ⓒ장석령, 2020. 11. 28)

○ 물을 먹어 닫힌 열매들. 비오거나 흐린 날 씨앗이 날아가지 않게 단속하는 모양새다. 물기가 마르면 활짝 열린 갈피 사이로 씨앗이 날아간다. (2022. 2. 1)

열매 심들이 더없이 사랑스러웠다.

　이런 흔적들을 보면 우리가 무심히 지나다니는 곳에도 늘 숲의 생명들도 함께 하고 있음을 새삼 느끼곤 한다. 숲길을 가다 잘 보면 두더지가 흙을 파놓은 굴이나 멧돼지가 파헤쳐 놓은 흙무더기가 심심찮게 보인다. 특히 겨울 눈이 온 숲에 가보면 졸졸 흐르는 길가 실개천 주위로도 얼마나 많은 짐승들의 발자국이 찍혀 있는지, 새들부터 이름 모를 들짐승들의 발자국이 저마다의 발모양과 걸음걸이를 보여 주듯 총총히 나 있는 모습이 참 재미있다. 문득 그 발자국들에 발을 맞춰 가며 녀석들이 어디로 사라졌는지 따라가 보고 싶은 유혹을 느낀다.

　다람쥐가 먹고 간 솔방울이나 낙엽송 심을 두고 '새우튀김'이라고들 부르는데, 내겐 사람들이 갈비를 뜯어먹고 뼈만 쏙 남긴 것처럼 보여 꼭 '솔갈비' 같다. '솔갈비'는 원래 말라서 수북이 떨어진 소나무 잎을 이르는 '솔가리'의 경상도 방언이다. 강원과 전라도에서도 이렇게 떨어진 솔잎을 솔갈비라고 불렀다 하니, 어린 시절 솔갈비 긁어모으던 추억이 새록새록한 분들이 꽤나 많을 듯하다. 내가 초등학교 때까지도 경상남도 의령의 할머니 댁은 아궁이에 불을 때 밥해 먹던 심심산골이었고 그 동네 아이들이 산에 나무하러 가면 나도 따라 나무를 하러 가선 떨어진 소나무 잎을 긁어 오곤 했다. 발음도 세게 '깔비'라고 부르던 마른 소나무 잎은 아궁이에 불을 붙일 때 제일 먼저 불쏘시개 역할을 하던 귀한 소재였다. 그때마다 솔솔 피어오르던 솔향, 뒤이어 타닥타닥 나무 타던 냄새는 언제나 내 기억 저편 온기를 채워 주는 가장 따스한 불씨로 남아 있다.

사람들 역시 이 솔방울 갈비나 낙엽송 갈비들을 찾으면 무척 신기해하며 다람쥐가 몰래 다녀간 상상을 하느라 함께 웃는다. 긴 가지에 매달린 낙엽송 열매를 꼭 보물처럼 숲체험 내내 들고 다니다 애지중지 집으로 가져가는 어른들의 해맑음을 접할 때, 숲의 선물을 나눈 것 같아 참 행복하다.

언 제 나
새 로 운   숲

낙엽송 열매는 종종 나뭇가지에 매달린 채 그대로 땅에 떨어져 있는데, 이유는 낙엽송이 햇빛을 좋아하는 양수라 햇빛을 향해 위로 자라면서 광합성을 잘 못하는 아래쪽 가지들을 스스로 떨어뜨리기 때문이다. 이런 현상을 '자연낙지自然落枝'라 부르는데 소나무와 잣나무 역시 이런 자연낙지 현상이 잘 일어나, 나무 둥치 아래쪽을 보면 가지 없이 횅하고 위쪽에만 나뭇가지와 잎이 많은 것을 볼 수 있다.

낙엽송을 사전에 검색하면 '일본잎갈나무'가 나오는데 같은 나무를 부르는 이름이다. 침엽수임에도 가을이면 노랗게 물들어 잎을 다 떨어뜨리기에 낙엽송, 잎을 간다고 해서 잎갈나무라고 불린다. 소나무도 겨울에도 푸른 잎 때문에 잎을 갈지 않는 나무처럼 보이지만, 2년이 지나면 두 장씩 뭉쳐나던 잎이 떨어진다. 그렇게 수북이 떨어진 솔잎을 솔가리라고 하는 것이다. 일본잎갈나무는 수형이 곧고 옆으로 팔을 약간 들어 올린 것처럼 보여, 멀리서도 알아보기 쉽다. 길쭉히 쭉 뻗은 큰 나무가 팔을 옆으로 좍 펼쳐 살짝 들어 올린 형상이고 늦가을에 노랗게 물들면 낙엽송으로 보면 되겠다.

낙엽송의 잎은 참 귀엽다. 전체로 보면 어긋나기는 하나 한곳에 20~30개의 잎이 뭉쳐나는 모양이 참 앙증맞다. 그런데 잎이 이렇게 뭉쳐난 형태만 보다가 봄에 어린잎이 나올 때는 전혀 다른 모습에 깜짝 놀랐다. 어린잎이

솔방울과 낙엽송 심

위 낙엽송의 잎차례(2021. 4. 26)
아래 낙엽송 어린 잎의 잎차례
(2021. 6. 15)

나올 때는 잎차례가 잘 보이지 않고 그냥 잔가지에 우수
수 주르륵 순서 없이 나다가, 좀 자라고 나면 어느새 한곳
에 어긋나기로 여러 잎이 뭉쳐 예쁘게 올망졸망 모인 형
태가 되는 게 참 신기하다. 어린잎 앞에서 '얜 어느 잎이랑
어디로 모이게 될까' 하고 한참 동안 모일 쌍을 찾아보려
해도 도무지 못 찾겠다. 대체 얘들은 어떻게 뭉쳐 모일 짝
을 저리 잘 찾아가는 걸까. 자연은 볼 때마다 시기별로 색
다른 모습을 보여 주니 잎의 모양과 잎차례도 이렇게 어
린잎일 때와 다 컸을 때가 다르다.

　한번은 어느 분이 어떤 열매 사진을 보여 주며 뭐냐고
물어보셨다. 아무리 봐도 낯선 형태였는데, 나중에 알고
보니 병꽃나무 열매였다. 작은 콜라병처럼 생긴 그 열매
는 나무에 무수하게 매달려 자주 숲에서 접했는데도, 콜
라병 형태에서 더 벌어져 색도 까맣게 진해지고 갈라진
모습이 낯설었다. 어느새 꽃 같은 모습이 되어서, 매일 보
던 열매인데도 몰라볼 뻔했던 것이다. 이러니 매일 봐도
다르고, 때를 놓치면 못 보게 되는 것도 많은 탓에 늘 촉각
을 곤두세우고 어제 본 것도 다시 보게 되는 게 숲이다.

　우울할 때, 숲에 가서 낙엽송 열매나 예쁜 솔갈비가 어
디 있을까 찾으며 호기심을 느끼다 보면 마음은 어느새

　　　　　　　솔 방 울 과 　낙 엽 송 　심

생기로 채워진다. 마침내 발견한 순간 순식간에 그걸 먹어치운 귀여운 다람쥐 생각에 그만 웃음이 나 우울은 자취를 감춘다.

우리가 즐겁고 생기 있게 살 방법은 언제나 눈앞에 있다. 눈앞에 놓인 것을 자세히, 깊이 잘 들여다보면 새로운 세상이 보이고 새로운 감정과 생각이 열린다. 씨앗이 떠나기 가장 좋을 때를 골라 품을 여는 열매들의 세상, 숲 그늘에서 씨앗을 까먹는 다람쥐의 나름 은밀한 세상, 숲 바닥에 난 수없이 많은 새와 동물들의 발자국. 숲에서 우리의 감각은 신선하게 환기되고 고양되며, 전혀 다른 눈으로 또 다른 세상을 마주하는 즐거움을 알게 된다.

수 수 한
초 가
화 려 한
샹 들 리 에 로

중 력 을
들 어 올 린
이 질 풀
씨 방

옛부터 이질에 잘 듣는 풀이라 하여 이질풀. 처음엔 이름
이 주는 선입견 때문에 약간 거리감을 느꼈지만, 초록 잡
목 수풀 사이에서 선연한 핑크빛으로 빛나는 이 작은 꽃
을 보고 그만 홀딱 반해 버렸다. 키가 큰 꽃도 아니요, 꽃
들이 무더기로 모여 피는 것도 아니라 눈여겨보지 않으면
그냥 지나치고 말 꽃이 이렇게 선연한 존재감으로 강렬하
게 눈길을 사로잡을 수 있다니 경이로울 지경이었다.

여름이 무르익을 대로 익은 8월 말 무렵, 회양목 뒤편 풀섶에서 우연히 이질풀을 발견하곤 너무 기뻐 소릴 질렀다. 진홍빛의 여리디 여린 꽃잎과 그 가는 꽃대로 초록이 지쳐 가는 숲에 한 점 붉고 선명한 점 하나를 찍어 놓은 듯하다. 이질풀이 이토록 반가운 것은 꽃도 잎도 아닌 그 열매 때문이다. 독특하고 아름다운 씨방의 형태를 지녔으며 씨앗을 날리는 방식도 아주 특별하여, 해마다 눈에 띄기를 손꼽아 기다린다. 이질풀은 꽃 한가운데 자리 잡은 암술에서 수분이 끝나고 수정이 되면 씨방이 쑥쑥 위로 자라나는데 그 길이가 족히 꽃의 몇 배는 되어 보인다. 이 초록 씨방이 길쭉길쭉하게 달린 모습은 마치 초를 연상케 한다. 이질풀의 꽃대가 섬세하고 우아한 곡선미를 지닌 근사한 촛대처럼 생겼기 때문이다. 꽃이 달렸을 땐 꽃대가 자세히 보이지 않다가 이 씨방이 자라 올라가면 그 형태의 어우러짐이 돋보인다. 멋진 촛대에 기다란 초 몇 개가 꽂혀 장식된 듯 독특하고 아름다운 모습이다.

이 씨방은 점점 까맣게 익어 가는데, 맨 아래쪽으로 동그랗고 까만 씨앗이 씨방을 중심으로 둥그렇게 자리 잡고 있다. 드디어 씨앗이 다 익으면 마침내 기막힌 씨방의 움직임이 포착된다. 이질풀은 길쭉한 씨방의 가운데 부분

은 그대로 둔 채 바깥쪽 부분만 껍질을 벗기듯 살짝 들어
올려 맨 아래쪽 씨앗을 사방으로 쏘아 올린다. 씨앗을 날
린 뒤의 모습이 흡사 화려한 샹들리에 같다. 세상에, 수수
한 초에서 화려한 샹들리에로 눈부시게 변모하는 씨방이
라니. 씨앗을 날리는 움직임이 얼마나 정교하고 놀라운
지! 가만히 보면 샹들리에 같은 씨방에 씨앗들이 나간 구
멍이 송송 나 있다. 이질풀 씨방은 제 무게만큼 버거운 씨
앗을 들어 올린 셈이다. 자식들을 좋은 곳으로 보내기 위
해 기꺼이 지구의 중력을 들어 올려, 혼신의 힘을 다하고
허물어진 모양새가 외려 꽃보다 열매보다 더 아름답게 느
껴진다.

열 매 들 의
아 름 다 운   선 과   주 름

이처럼 씨방들이 가진 아름다움은 꽃 못지않다. 어느 씨
방이든 씨앗을 내보낼 땐 자신만의 방식으로 섬세한 주름
과 어여쁜 선을 만들어 기막힌 균형미를 보여 주며 아름
답게 갈라진다. 사철나무 씨방은 마치 보석을 감싼 동그
란 보자기 같다. 귀한 보석을 보자기에 곱게 싸고 있다가

(왼쪽 상단부터, ⓒ이치열, 2020.8.29)

○ 이질풀 꽃과 촛대에 초가 장식된 것 같은 열매

○ 이질풀 씨방이 점점 까맣게 익어 가고, 맨 아래쪽으로 동그랗고 까만 씨앗이 씨방을 중심으로 둥그렇게 자리 잡고 있다.

○ 씨앗을 들어 올리고 샹들리에가 된 이질풀 씨방

살짝 열어 보여 주는 것처럼 그 속에서 주홍빛 보석 같은 열매가 반짝 고개를 내민다. 동그란 열매 껍질 꼬투리가 십자 모양으로 섬세하게 선을 만들어 갈라지면 주홍 열매들이 하나둘 얼굴을 내밀어 제자리를 잡고 선명하게 반짝인다.

노박덩굴도 동그랗던 열매 껍질이 완벽한 균형미를 뽐내며 딱 갈라지면 그 안에서 붉디붉은 동그란 열매가 세상 밖으로 나온다. 그 꼬투리의 벌어짐이 얼마나 예쁜지 가운데 열매를 더욱 돋보이게 만들어 준다. 이렇게 주렁주렁 붉고 선명한 노박덩굴 열매를 무심코 지나치는 사람들이 많다. 세상의 아름다움을 보려거든 때를 놓치지 말아야 한다는 것을 자연의 시간 속에서 매번 느낀다.

어느 추운 겨울날 산책길 덤불에서 기다란 열매자루에 겹겹이 모여 정교하게 펼쳐진 단풍마의 씨방을 처음 만났을 때도 그 형태가 너무 조화롭고 아름다워 감탄을 금치 못했다. 씨앗을 품고 분명 처음엔 동그랬을 녀석들이 어떻게 속에서부터 이렇게 어여쁜 주름과 선을 만들며 아름답게 갈라졌는지. 나비 날개 같은 촉감의 얇은 연갈색 꼬투리는 금세 바스라질 것 같은데도 완벽한 형태를 유지한다. 꽃도 아닌 씨방까지 이렇게나 완벽하다니

중력을 들어올린 이질풀 씨방

(위) 사철나무 열매(2021. 11. 6)

(아래) 꼬투리가 아름답게 갈라진 노박덩굴 열매(2021. 11. 14)

숲에서 예쁘지 않은 건 정말이지 하나도 없는 것 같다. 그 예쁜 걸 숲에 놔두고 오기 아까워 집으로 모셔 왔다. 오면서도 너무 얇고 가벼워 혹 바스러지지 않을까 염려했는데, 웬걸, 그 친구는 차 트렁크 속 다른 짐들과 어지럽게 섞여 실려 왔음에도 열매자루 하나 상하지 않았다. 여릿하게만 보이던 꼬투리도 나비 날개처럼 탄탄한 구조를 갖고 있다. 내 침대 한편에 놓인 한옥 모양의 조명등 위에 덩굴째 감아 놓으니 아름다운 조명 장식이 됐다.

자연은 각자 자신에게 맞는 계절의 순리대로 가장 아름다운 꽃을 피우고 열매 맺고 씨앗을 퍼트리며 자신의 생을 완성해 간다. 그 모든 순간이 아름답다. 그때 그때 가장 알맞은 모양새를 취하는 자연처럼 내 모든 순간도 최선을 다해 아름답기를 바란다. 자연을 보면 사람이 나이 들어가며 생긴 깊은 주름과 선도 이렇게 애써 기른 생의 열매들을 잘 떠나보내기 위해 혼신의 힘을 다한 흔적이란 생각이 든다. 어쩌면 우리 노년의 주름도 이렇게 완벽한 균형미를 보여 줄 수도, 아름다울 수도 있겠구나 싶어 위로가 된다. 나도 이 꼬투리들처럼 생의 귀한 열매들을 가장 돋보이게 하고 멀리 갈 수 있도록 힘을 주는, 어여쁜 주름을 가진 사랑스런 할머니가 돼야지.

중력을 들어올린 이질풀 씨방

자연의 이치는 오감으로 전해져 점점 더 깊숙이 삶의
순리로 스며들어와 서서히 생의 형태를 아름답게 바꾼다.

아름답게 갈라져 겹겹이
포개진 단풍마의 꼬투리
(2020. 12. 10)

열 매 야 ,
어 디 까 지
날 아 가
봤 니

―――――   팽 압

결실의 시간이 오면 많은 열매들이 자신만의 독특하고도
기발한 방법으로 부모 식물로부터 멀리 떠나간다. 부모 식
물의 그늘에선 잘 살아남을 수 없기에 자신이 싹틔울 새로
운 자리를 찾아가는 것이다. 이때 새가 먹어 나르거나 굴
러가거나 솜털 같은 날개를 달아 나는 등 방법도 각양각색
인데 또 하나의 방법이 팽압을 이용하는 것이다.

　　팽압은 식물 세포에서 세포벽을 밀어내는 힘 또는 압

력을 말한다. 팽압은 식물의 세계에서 여러 가지 방식으로 중요하게 작용하는데, 씨앗을 날릴 때 튕겨 나가는 힘으로도 작용한다. 식물 세포의 내압과 외압의 커다란 차이로 인해 씨방이 터지면서 열매를 멀리 날릴 수 있게 되는 것이다. 완두나 강낭콩, 칡, 박태기, 자귀나무, 아까시나무 같은 콩과 식물들뿐 아니라 봉숭아와 제비꽃, 괭이밥, 풍년화, 쥐손이풀 등도 팽압으로 씨앗을 멀리 날린다.

누 가 누 가
멀 리　가 나

괭이밥은 하트 모양의 잎을 세 장씩 달고, 햇살이 비칠 때 십자화과의 노란색 꽃잎을 활짝 열고 있다가 저녁이 다가오면 금세 꽃잎을 닫아 버린다. 이 작은 꽃은 빛에 예민하다. 그런데 이렇게 꽃잎이 닫히는 것도 사실은 식물의 팽압이 작용해서이고, 여린 풀잎이나 꽃을 꼿꼿이 서 있게 해 주는 것도 팽압이다.

괭이밥은 고양이들이 배탈 날 때 먹는 약이라 해서 이런 이름이 붙었다. 잎을 씹어 보면 새콤한 맛이 샐러드 채소처럼 꽤 그럴싸해서 숲체험 때 살짝 먹어 보곤 한다. 확침이 고이며 미각을 자극하고, 좋은 체험거리가 된다. 괭이밥은 씨앗이 다 익을 때까지 씨방 안쪽 흰 주머니 모양 포가 씨앗을 감싸 안고 있는데 흰 주머니 바깥쪽 세포는 더디 자라고 안쪽 껍질은 세포분열이 활발하게 일어나 씨앗과 함께 계속 자란다. 이렇게 서로 다른 압력이 더 이상 버틸 수 없게 되면 안쪽부터 터진다. 연이어 바깥쪽 껍질이 갈라지며 꼬투리가 거센 압력으로 뒤틀려 씨앗이 사방으로 날아간다. 이것이 식물이 팽압으로 열매를 날리는 방식이다.

　팽압으로 날아가는 열매는 얼마나 멀리 갈까? 보통 2미터 정도 튀어 나간다고 하는데 제비꽃 열매는 무려 2~5미터 정도를 날아간다고 하니 그 탄성이 대단하다. 작은 열매들은 그렇게 날아간 자리에서 또 바람이나 비의 도움을 받아 더 멀리 간다.

　제비꽃 열매는 팽압이 또 다른 방식으로 작용하는 모습을 잘 보여 준다. 열매가 다 익어 씨앗을 내보낼 때가 되면 동그랗던 씨방이 세 갈래로 탁 갈라진다. 엘라이오솜이 매달린 앙증맞은 동그란 열매가 마치 그릇에 초코볼을 담은 듯 그 안에 소복이 담겨 있다가, 꼬투리가 말라 힘 있게 쥐어짜듯이 오므라들면 그 압력으로 씨앗들이 날아

간다. 쫙 조여진 세 갈래 씨방에 마지막 열매가 하나씩 남은 모습을 담은 사진을 보았을 때 그 꼬투리가 얼마나 강하게 오므라지는지 도깨비나 괴물이 쥐어짜듯 괴로워하는 얼굴 표정 같아 깜짝 놀랐다. 거기서 끝이 아니다. 씨방은 씨앗을 다 보낸 후 제자리로 돌아와 팽압을 풀고 다시 느긋하게 부풀어 오른다.

올해엔 운 좋게 잔뜩 압력을 행사하는 제비꽃 꼬투리와 씨앗을 다 보낸 뒤 다시 부풀어 오른 씨방의 모습을 직접 관찰할 수 있었다. 다리가 저릴 정도로 제비꽃 열매 앞에 쪼그려 앉아 관찰하고 사진을 찍으며 얼마나 즐거웠던지.

팽압 운동과 촉감

팽압은 식물들의 열매를 산포하는 데만 쓰이는 게 아니라 식물의 다양한 영역에 관여한다. 그 세계를 들여다보면 참 재밌다.

하루를 주기로 하는 잎의 상하운동도 빛, 온도, 습도에 따른 영향과 더불어 팽압의 작용으로 일어난다. 식물

(왼쪽 상단부터)

○ 제비꽃의 동그란 열매(2022. 11. 18)

○ 열매가 벌어지는 순간

○ 열매가 벌어져 씨앗이 담긴 모습

○ 잔뜩 쥐어짜듯 오므라들어 씨앗이
튕겨 나가게 하는 제비꽃 꼬투리

○ 다시 느긋하게 부풀어 오른 씨방

세포가 물을 흡수하여 부피가 커지면 세포벽을 밀어내는 팽압으로 작용하는데, 자귀나무는 잎자루 아래에 볼록한 엽침葉枕이라는 조직이 있어 자극이 가해지거나 날이 어두워지면 팽압의 변화로 엽침 속 수분이 빠져나가면서 작은 잎들이 마주 닫힌다. 이런 현상을 수면운동이라 하고, 잎이 마주 닫히는 모습이 흡사 사이좋은 부부같다 하여 자귀나무를 부부의 금슬을 상징하는 '합환화'라고 부르기도 한다. 수면운동은 미모사나 괭이밥 잎에서도 볼 수 있다. 미모사는 잎을 톡 건드리면 세포에 저장돼 있던 수분이 갑자기 빠져나가 팽압이 감소하면서 아래쪽부터 잎이 접히고, 잎자루와 줄기가 이어진 곳까지 구부러진다.

식물의 꽃과 잎이 똑바로 서고 접히고, 기공을 열고 닫고 숨 쉬는 것까지 모두 팽압의 원리가 작용한 것이니 식물을 존재하게 하는 것이 바로 팽압이라 해도 과언이 아니겠다.

이따금 열매들의 팽압 운동과 식물의 촉감을 직접 느껴 보는 체험을 하곤 한다. 괭이밥의 잘 익은 열매를 손 안에 살짝 잡아 보면 마치 생기 있는 작은 물고기가 활력 있게 꿈틀 튀어 오르는 것 같다. 잠자코 있던 감각이 '옴마야' 하면서 화들짝 살아난다. 자연이 주는 감각은 언제나 즐거운 비명을 지르게 한다. 그 살아 있는 것 같은 놀라운 촉감이라니.

부들은 잎이 너무 부드러워서 부들인데 그 잎을 한번 만져보면 너나 할 것 없이 눈이 동그래지며 "어머! 너무 부드러워요"라는 감탄사를 여지없이 내뱉는다. 이 부드러움은 일상에서 만질 수 있는 그것이 아니다. 너무 향기로워서 놀라는 칡꽃과 개다래꽃, 너무 짜서 놀라는 붉나무 열매, 너무 촘촘해서 놀라는 박주가리 열매 속 씨앗의 배열들…… 이렇게 다양한 맛과 촉감과 향기와 배열을 가진 자연과 만나면 행복해진다.

등산이 왜 좋은가? 산에 오르면 아무 생각도 나지 않고 오로지 오르는 데만 집중하기에 잡념이 사라진다. 한번씩 쉬며 눈 들어 주변을 살피면 그 장엄한 풍경에 절로 맘의 품이 넓어지고 여유로워진다. 집에 오면 노곤하고 즐거운 피로감에 푹 단잠에 빠진다. 그보다 더한 행복이 어딨겠는가. 사소한 걱정을 다 잊고 자연과 교감하는 시간의 즐거움과 단잠은 얼마나 큰 행복인지.

행복이 뭐 별건가. 이런 친구들과 만나 교감하면서 매번 질리지도 않고(희한하다, 자연은 알고 있다고 생각해도 안 질린다) 깜짝 놀라고 신기해하며 즐거워하는 게 행복이지.

(위) 박주가리 꽃(2022. 8. 29)

(아래) 매혹적인 향을 가진 개다래꽃(2021. 6. 15)

무지개 연못가의 부들. 사진 오른쪽에 소시지 같은 열매를 단

모습이 보인다. (2020. 9. 4)

괭이밥으로 반지를 닦는다고?

괭이밥에 담긴 또 하나 재밌는 이야기는 그 잎에 옥살산이 들어 있어서 동전이나 은붙이 같은 쇠붙이를 닦으면 번쩍번쩍 빛이 나도록 잘 닦인다는 것이다. 물론 나도 궁금해서 시도해 본 적이 있다. 한때 우리 집 베란다 화단에 안착하여 제멋대로 꽃밭을 이룬 괭이밥 잎을 잘 모아서 빛이 다 바래 거무튀튀해진 은 묵주반지를 닦았는데, 처음에 잎으로만 문지르니 효과가 잘 보이질 않았다. 잎으로 살살 문질러 괭이밥 잎의 즙이 잘 묻은 반지를 하얀 천으로 닦아 주자 번쩍번쩍 새 반지보다 더 희게 빛나는 걸 보고 깜짝 놀랐다. 오, 이 대단한 효과 좀 보소! 이런 성분 덕에 봉숭아 물 들일 때 따로 매염제를 쓰지 않고 백반 대신 괭이밥을 써도 된다고 하니 한번 시도해 봐야겠다.

괭이밥 꽃과 하트 모양 잎

에 필 로 그

── 어 느
　　　숲 이
　　　가 장
　　　좋 아 요 ?

"어느 숲이 가장 좋아요?", "가 볼 만한 숲을 좀 추천해 주세요."

종종 듣는 질문이다. 계절별로 가장 좋은 풍경을 자랑하는 숲을 찾아가는 걸 싫어할 리야 만무하지만 '어느 숲이 가장 좋아요?'라는 질문에 대해서는 "가까운 숲이 가장 좋은 숲이다"라는 게 내 대답이다. 언제든 맘만 먹으면 편안한 옷과 신발을 착용하고 편안하고 느긋한 마음으로 어슬렁어슬렁 찾을 수 있는 내 집 근처의 뒷산, 산책로가 있는 도시 숲, 어디든 좋다.

내겐 모든 숲이 다 좋다. 숲은 비교 대상이 아니며 다 완전하다고 생각하기 때문이다. 어느 숲을 가도 바닥엔 작은 풀꽃들이 자라고, 진달래와 철쭉, 라일락 같은 관목도 자라고 키 큰 나무들도 뒤섞여 눈여겨볼 것이 천지다.

숲을 가장 잘 즐기는 방법은 그렇게 편하게 자주 다닐 수 있는 인근 숲으로 '혼자서' 혹은 걸음의 속도가 맞는 사람과 둘이서 가는 거라고 말해 주고 싶다. 그때 그 시기 가장 이름난 아름다운 숲이나 장소가 있겠지만 그런 곳들에 관광 삼아 가족들과 혹은 친구들과 우르르 왁자하게 가면 한곳에 오래 머물러 깊이 자연과 교감할 시간이 부족하다. 그런 숲은 한두 번 본 아름다운 기억 이상이 되기 힘들다. 특별한 정감으로 오래 교감하고 마음을 나누고 마침내 기쁨이 되고 위로가 되는 숲, 이런 관계는 한두 번으로 만들어지지 않는다.

자연과 진정한 친구가 되려면 자주 가까이 있는 숲으로 가서 늘 그 자리에 있는 꽃과 나무와 식물들의 시시각각 달라지는 한살이를 들여다보며 교감을 나누는 게 좋다. 볼록한 겨울눈에서 어여쁜 새순이 돋던 날, 꽃이 환하게 피던 날, 꽃이 진 뒤 기적같이 작은 열매가 생기던 날, 점점 아름다운 빛깔과 모양으로 열매가 하루가 다르게 익어 가고 마침내 눈부신 존재감을 뽐내던 날……. 그 과정들과 오롯이 함께 하다 보면 상처받은 마음에도 절로 새살이 돋고, 꽃이 져도 열매가 자라니 힘을 집중하는 법을 배우고, 충실히 아름답게 익어 가는 열매들의 분투를 보며 위로를 나누게 된다. 어떤 대단한 풍경을 바라보느냐가 아니라 '사소한 아름다움을 놓치지 않고 어떻게 받아들이느냐', 삶을 기쁘게 하는 건 언제나 그 태도에 달려 있다. 그리고 그 태도에 따라 지금 내 내면의 풍경이 달라질 수 있다.

그러니 지금 내 주위에 있는 평범하고 작은 자연의 친구들을 자주 깊이 들여다보시길. 산수유 꽃이 피기 전 아린이 살짝 벌어진 속에서 꽃이 어떤 모습으로 태어나길 기다리고 있는지, 노란 꽃술들이 겹겹이 포개져 마치 잘 포장해 놓은 어여쁜 선물들 같지 않은지. 두더지들이 판 폭신폭신한 굴은 또 얼마나 호기심을 자극하는지. 대체 어디쯤에서 지렁이를 사냥하고 있을까? 저쪽에도 구멍이 꽤 크게 나 있는 걸 보니 저기로 나와서 여기로 다시 들어가기도 하나? 그러다가 갑자기 그 구멍 속에서 작은 두

비가 촉촉하게 내린 숲속 산책길

더지가 불쑥 나와 두 발로 서서 팔을 흔들며 다른 구멍 속으로 급히 달려가는 광경을 보는 날이면 기쁨의 환호성을 올리게 된다.

가을 주홍빛 선명한 복자기 단풍과 붉디붉은 화살나무 잎 주맥과 세맥에 살짝 번진, 잎과 대조되는 아련한 노란 빛깔. 그 아름다움을 가만히 들여다볼 때 차오르는 평화로운 충만함! 자연과 연결되는 순간 내 속에서도 같이 새순이 돋고 어여쁜 꽃이 피어나고 작은 열매가 충실히 익어 간다. 단풍처럼 아름다운 색이 마음에 번지고 작은 곤충이나 동물들처럼 쉼 없이 부단히 성장해 간다.

숲을 아는 사람은 숲을 모르는 사람들보다 훨씬 더 감각이 고양되고 더 많은 것들을 느끼고 깨달을 수밖에 없다. 그 감각은 점점 더 새로운 것들을 발견하며 생각을 확장하고 길을 넓혀 결국 세상에 대한 통찰력을 키운다. 나는 예전엔 낯설고 새로운 것을 시도하고 경험하기를 꺼리는 사람이었다. 생각이 있더라도 막상 행동으로 옮기기까지 너무도 긴 시간이 필요했고, 결국 생각만 하다가 아무것도 실행에 옮기지 못하는 경우도 많았다. 그러나 자연은 기다려 주지 않는다. 그 꽃과 열매의 시간을 함께 하려면 바로 그때여야만 한다. 자연의 시간 속에서 점점 나는 앉아서 생각만 하기보다 지금 달려 나가 그것과 만나는 사람이 되었다. 자연을 모르던 때의 나는 의도하지 않고 그저 무심히 인생의 무언가를 만났기에 거기서 큰 기쁨과 의미를 제대로 찾지 못했다. 지금 나는 사시사철 만나고 싶은 자연이 주변에 가득하고, 그들을 만나러 갈 생각에 며칠 전부터 들뜨고 설렌다. 만날 때마다 기쁨으로 넘치고 매번 같은 것들 속에서도 색다른 아름다움을 발견하며 경탄하곤 한다. 다소 무미건조하던 삶에서 기뻐하고 경탄하는 삶으로 어느새 행복하게 변해있는 나를 발견한다.

아직 숲이 낯설고 어떻게 다가가야 할지 잘 모르는 사람들이 많다는 것을 안다. 천천히 걷는 숲길에서 무엇을 봐야 하는지도 몰라, 어색한 친구와 만났을 때처럼 맘 놓고 깊은 유대감을 느끼고 정감을 주고받지 못한다는 것도 안다. 하지만 누구보다 숲과 진정한 친구가 되고 싶고 더 깊이 알고 싶어 하는 사람들이 많다는 것도 안다. 그러니 이 책이 당신이 산책길에서 만나는 꽃과 잎과 열매와 나무의 말 없는 언어들을 더 잘 이해하도록 돕고, 아름다운 기쁨과 위로를 나누는 숲의 진정한 친구가 되도록 길잡이 역할을 할 수 있다면 그보다 더 좋을 수 없겠다. 오감을 활짝 열고 숲과 교감하며 더 섬세한 것들까지 발견하며 기뻐하고 경탄하는 삶으로 나아가기를. 어느새 숲의 다른 언어들도 서서히 알아듣고 생의 다른 비밀도 눈치채는 통찰력이 자라나, 당신 내면의 무게중심이 나무뿌리처럼 튼튼해지길 바란다. 숲은 그 모든 것을 능히 당신에게 해 줄 것이다. 그 숲을 건너 서로에게 꽃으로 오시라, 따스한 햇발로 번지시라 미리 축복의 말을 전하고 싶다. ✳

도서출판 남해의봄날 로컬북스 27

이웃한 도시라도 자세히 들여다보면 서로 다른 자연과 문화, 아름다움을 품고 있습니다.
독특한 개성을 간직한 크고 작은 도시의 매력, 그리고 지역에 애정을 갖고 뿌리내려 살아가는
사람들의 이야기를 남해의봄날이 하나씩 찾아내어 함께 나누겠습니다.

숲의 언어
자연의 속삭임에 귀 기울이면

초판 1쇄 펴낸날	2023년 5월 31일
2쇄 펴낸날	2023년 12월 15일

지은이	남영화
편집인	김정희객원편집, 박소희, 천혜란
마케팅	이다석, 추예은
디자인	류지혜
표지 그림	라킷키(@la_kitki)

종이와 인쇄	미래상상

펴낸이	정은영편집인
펴낸곳	(주)남해의봄날
	경상남도 통영시 봉수로 64-5
	전화 055-646-0512
	팩스 055-646-0513
	이메일 books@namhaebomnal.com
	페이스북 /namhaebomnal
	인스타그램 @namhaebomnal
	블로그 blog.naver.com/namhaebomnal

ISBN 979-11-93027-05-9 03810
© 남영화, 2023